書下ろし

君を見送る夏

いぬじゅん

祥伝社文庫

目次

プロローグ

「君との未来を思い描いてしまったんだ」
それがプロポーズの言葉だった。

県道357号線は渋滞していた。御前崎《おまえざき》港へ向かう車の列はさっきから数メートルも進んでない。三百メートル先で工事をしているらしく、ちっとも申し訳ないと思ってなさそうな猫のイラストが頭を下げお詫《わ》びしている。

右手に海を眺めながら、左側の山ではセミが大合唱をしている。

彼の運転は慎重すぎるくらい慎重で、制限速度を遵守《じゅんしゅ》する。デートのたびに運転を代わると提案するが、そのたびにやわらかく断られてきた。

『危険な目に遭いたくないし、遭わせたくない』

口ぐせのようにくり返す理由は、私たちのデート先を限定する。アスレチックはもちろんのこと、遊園地や脱出ゲームですら、ドキッとすることを極端に彼は嫌った。彼のいとこが心臓発作で亡くなったことが原因らしい。

ショッピングや図書館に水族館など、のんびりできる場所で私たちは関係を深めていった。

だからつき合って一年目の今日、御前崎灯台へ誘われた時は驚いた。私たちの最初のデート場所だった灯台は、急な階段がある、という理由であの日以来却下され続けてきたから。

ひょっとしたらプロポーズかもという予感はあった。期待が表に出ないよう、メイクはいつもより少し濃くする程度に留《とど》めた。服装もさりげなく最初のデートを連想させる柄で揃えたりもした。

だから、渋滞にはまっている時に、彼が右手をあげて自分の背中に回した時は目を疑った。

これは自分を励ます時に彼がよくするポーズ。ポンポンと背中を二回叩くことで自分を応援しているそうだ。

続けざまに彼はハンドルに手を戻し口を開いた。

「君との未来を思い描いてしまったんだ」

それがプロポーズの言葉だと理解するまで、数秒かかってしまった。

「俺と結婚してほしい」

横顔が緊張しているのを見て、ようやく思考のフリーズが解かれた。急に熱くなった頰は、車のエアコンが弱いせいだけじゃない。

こういう時、なんて答えるのが正解なんだろう？

『ありがとう』『お受けします』『承知いたしました』

いろんな言葉を頭に浮かべながらも、結局伝えられたのは、「はい」のひと言だけだった。

それでも彼はうれしそうに目を細めている。

「よかった」

カーラジオからは映画『タイタニック』のテーマ曲が流れている。海に沈む恋人同士の映画なんてタイミングが悪すぎる。

それにしても、まさか渋滞中にプロポーズされるとは予想外のことだった。

「どうして今なの？」

「待ちきれなかったんだ」

なんて、のんびり屋の彼らしくないな、と思った。

結局その日は灯台へ行くことはなかった。

場所については文句を言うまい。それより、夢にまで見たプロポーズの言葉が、まるで『自分の意思に反して』という風に聞こえてしまったことが気になった。

あれから一年、私はまだシングルのまま。

恋は、再生画面で一時停止ボタンを押したように動かなくなっている。むしろ、少し巻き戻ってしまっているとさえ思えるこの頃。

今年もまた、夏が来る。

第一章　無冠の日々

「結局さ、視力と磁力なんだよねぇ」

テーブル席の向かい側でぼやく友の声はちゃんと聞こえていた。

メールの返信をしているところだったので、画面から目を離さずうなずきで返す。最後まで文字を打ち、送信ボタンを押して完了。

「未来《みらい》、聞いてる？　視力と磁力だよ」

「え？」

送信完了を確認し顔をあげると、谷楓《たにかえで》は目を細めじっとこっちを見ていた。楓の隣に座る杉崎絵理奈《すぎさきえりな》は、我関せずと肩をすくめているだけ。代表で私が答えろということだろう。

楓とも絵理奈とも中学二年生からのつき合いだから、言葉にしなくてもなにを考えているかは分かってしまう。

日曜日の午後、いつもの喫茶店は混んでいた。学生時代はおしゃれに思えたこの店も、大人になると古さと湿っぽさを感じてしまう。柱も太いし段差も多いし、通りに面したくすんだ窓は古い映画のように駅前の風景を映している。

「視力と、えっと……磁力って言った？」

スマホをテーブルに置くと、楓はウェーブのかかった髪をいじくりながら大きくうなずいた。学生時代は『目が細いのが恥ずかしい』と言っていたのに、今ではプロ並みのメイクで私にダメ出しするほどになった。髪だって、ヘアアイロンとヘアオイルを駆使してこれ以上ないくらい艶《つや》やか。

高校時代の友達が噂していた整形疑惑については、三人で温泉に行った時に無実であることは確認済みだ。

「そう、視力と磁力。よく考えてみてよ、あたしたちってもう二十八歳じゃない？」

「私はまだ二十七だけど」

さらりと訂正する絵理奈を無視して「でね」と楓は続ける。

「年を重ねるごとに、視力と磁力が衰《おとろ》えてると思うの」

「視力は今のところ問題ないけど」

自慢じゃないけど目はよいほうだ。磁力の意味は不明だけれど。だいたい、楓はこんな風にわけの分からないことをよく言う。

「本当の視力じゃなくて、よい男を見つけるための視力のことよ。一種のレーダーみたいなもの」

ああ、そっか。楓は先日、彼氏と別れたってぼやいてたっけ。どうりで日曜日に呼び出されたはずだ。

「やっと見つけたって思っても、彼女持ちとか既婚者ばっかり。フリーだったとしても問題のある人ばっかりじゃない」

「元彼さん、すごくやさしそうに見えたけど、ね？」

絵理奈に同意を求めると、興味なさげにまた肩をすくめた。視線を戻させるように楓はずいと体を前に出した。

「やさしいだけじゃダメなんだよ。ヒロだって最初会った時は『この人だ』って思ったよ。でもつき合ってみると、問題ありあり。普通、部屋にパソコン五台もある？　ほかにもよくわからない機械だらけだし。『動画編集に使うんだ』とか言ってたけど、機械に見張られているみたいな部屋って怖《こわ》くない？」

ヒロという名前をようやく思い出した。一度だけ紹介してもらったけれど、気遣いのできる男性というイメージ。歴代の楓の彼氏において、よいイメージの人は少ない。そんな中では、性格もよく、モデルのように細い楓と同じくらいスラリとした体型で、お似合いだと思ったんだけどな。

「パソコンは仕事で使ってるんじゃなかったっけ。私は別にいいと思うけど」

「全然よくない。パソコン依存症なんだよ、きっと」

「楓だってブランド依存症でしょうが」

新作と思われるバッグを指さすと、楓はうれしそうに持ちあげてみせた。片手まで添えて、まるでポスターにでも出てきそうなポーズだ。

「これはいいの。もうすぐ夏のボーナスが出るから、自分へのご褒美《ほうび》ってところ。とにかく、年々男を見極める視力が弱まってるって言いたいの」

「じゃあ磁力っていうのは、よい男を引き寄せる力のこと？」

「正解」

力強くうなずく楓に、ついに絵理奈がいつもの台詞《せりふ》を言った。

「あほらしい」

絵理奈は昔から現実主義だった。高校卒業後は看護学校へ進み、看護師になった数年後には助産師の資格も取った。意味も分からず大学に行った私や楓よりも現実世界をしっかりと歩いている。

　楓はムッとした顔で、両腕を組む絵理奈に顔を向けた。

「その口ぐせは言わない約束でしょ。全然あほらしくなんかないもん。だって、あたしたち、もう二十八歳なんだよ？」

「私は二十七歳」

　鼻でため息をついて否定する絵理奈。三月生まれなのに、私たちのなかで絵理奈がいちばん年上っぽい。ショートボブの髪型は昔から一ミリも変わっていないように見えるし、ほとんどすっぴんに近いメイクなのも同じ。スタイルだっていいのに、それを隠すようなダボッとした服ばかり着ている。今日も、六月というのに厚手のシャツに上半身を隠すようなストールを巻いている。

「そうじゃなくってさ、あたしが言いたいのは、結婚するためには時間がないってことなの」

　楓も変わらない。中学生の頃から『夢はお嫁さん』と口にしていた。年を重ねるごとに『高収入』『高身長』などの条件が加わっていったけれど基本は同じ。が、その夢は未《いま》だ叶《かな》う気配がない。

「結婚するのに年齢は関係ないでしょう？　最近は三十代でも四十代でも結婚できるし」

　そう言う私に絵理奈が「そうだよ」と同意してくれた。

「楓は結婚式場で働いてるから、そういう人たくさん見てるんじゃないの？　今どき年齢にこだわってるなんて楓くらいなもんでしょ」

まあ、と目を見開かせてから、楓は風船みたいに頬を膨《ふく》らませた。こういう時でも自分をかわいく見せようと上目遣いは忘れていない。

「あたしだって分かってるもん。でも、一般的に考えたら結婚するなら若いほうが有利なの。なのに、ろくな男がいないの」

「そもそも結婚のよさが私には分からないからさ」

あっさりと会話から降りようとする絵理奈に、楓は「ええっ⁉」と不満の声をあげた。

結婚の話になると楓は意地になる傾向が強い。

「だって昔からの夢なんだよ。好きな人と結婚して、小さくてもいいから一軒家に住むの。毎朝お弁当を作ってあげて、昼過ぎくらいまではパートに出る。そういう生活、あこがれない？」

「あこがれない」

もう絵理奈は興味なさそうにメニュー表を眺めている。

「なんでなんで。夕食は手の込んだレシピに挑戦して、洗濯とか掃除もしっかりやってさ、夜は一緒のベッドで眠るの。どう考えても最高の幸せじゃない」

「私から言わせれば、最低の不幸せだけどね」

ツンとあごをあげれば絵理奈の反撃が始まる合図。引っつくくらい顔を近づけた絵理奈が「いい？」と口火を切る。

「人間なんてね、どんな幸せな結婚をしても死ぬ時はひとりなの。ブランド品が身を守ってくれるわけじゃないし、愛なんて目に見えないものならなおさら。他人に幸せにしてもらおう、って気持ち自体が理解不能よ。自立して好きな時に好きなことをする。そういう生活に私はあこがれるわ」

喉になにか詰まったかのように「うう」とうなる楓を右手をパーの形で絵理奈は制した。

「結婚が幸せと思うことを否定はしない。だから、楓も私に価値観を押しつけないで。分かった？」

再び切り捨てた絵理奈が「すみません」とバイト君を呼びアイスティーをオーダーしたので、私もアイスコーヒーをお願いする。楓はどう言い返そうか考えているらしく、ぶすっとした顔のまま宙をにらんでいる。

「だってさ、早く結婚して苗字変えたいんだもん」

「ずっと言ってるもんね」

同調してあげようと声をかけるが、ますます楓はふくれっ面《つら》になってしまう。

「谷楓って、苗字も名前も一文字ずつなんてひどすぎる。親は大好きだけれど、これだけは納得できない。早乙女《さおとめ》でも伊集院《いじゅういん》でもなんでもいいから、二文字以上の苗字になりたいの」

なんでもいい、と言ってる割には好みをはっきり口にしている。

「絵理奈は助産師さんなんでしょ。子供が生まれる瞬間を一緒によろこんであげられる仕事なのに、なんで結婚には否定的なのよ」

「仕事は仕事。もちろん、無事に生まれた時には私だってうれしい。でも、結婚の話とは別。そもそも、知り合って一年やそこらの人と同じ家に住むなんて、考えただけでゾッとする。よく知りもしない他人と、なんで一生一緒に過ごさなくちゃいけないのよ」

「それが運命だからだよ。そういう人に出逢ったら絶対にピンとくるんだから」

「楓は彼氏ができるたびに『ピンときた』って言ってるけど、毎回間違いなわけでしょ」

「子供ができたらさらにハッピー。赤ちゃんって、ニコッて笑うとほっぺがぷっくり膨れてかわいいじゃない」

「赤ちゃんが笑うのは不随意運動だから。それに出産って本当に大変。楓の自慢のプロポーションだって崩れちゃうかもよ」

このやり取りは、これまでも何度もくり返されてきた。暖簾《のれん》に腕押し、糠《ぬか》に釘《くぎ》、馬の耳に念仏。結婚に対してのイメージが対極にあるふたりの意見は、どんなに交わそうともどちらかの心に響くことは絶対にない。

ということで、審判役である私が毎回仲裁に入ることになるわけで。

「はいはい。いつもの結婚観の話はおしまい。幸せの基準なんて人それぞれなんだし、主張し合っても仕方ないでしょう。楓は結婚したい、絵理奈は結婚に興味がない。それでいいじゃない」

「そうだけど……」

まだ不満げな楓は、テーブルに両肘をつき頬を載せる。

「未来は幸せでいいなあ」

出た。楓は恋愛の話のあと、決まってこっちに話題を振ってくる。

「龍介《りゅうすけ》さんと結婚するんでしょう。あたしも、未来の立場だったら冷静に考えられるけどな」

「へえ」と絵理奈が目を丸くした。

「結婚の話進んでるんだ？　プロポーズされたのって一年くらい前じゃなかった？」

「そうなんだけど、龍介、忙しいみたいでさ……。全然進んでないよ」

バイト君が追加の飲み物を運んで来たので会話を止める。空《あ》いたグラスを渡しているうちに楓はトイレに席を立った。

「楓は少し頻尿《ひんにょう》気味だね。水分を摂りすぎてるのかも」

冷静に分析してから絵理奈は私を見やった。

「龍介さんにはちゃんと会えてるの？」

絵理奈の質問は痛いところをピンポイントで突いてくる。アイスコーヒーにシロップとミルクを混ぜながら首をかしげた。

「最近忙しいみたいでね。今日も会う予定だったんだけど、三日前に『登山に行くことになった』って言われてさ。夕方出発するから、それまでは睡眠を取らなくちゃいけないんだって」

「えらく急だね」

「いつものこと。会社をひとりでやってるから仕方ないんだけどね。打ち合わせとかつき合いでしょっちゅう全国を飛び回ってるから。趣味もたくさんあるし」

龍介の趣味は数えきれないほど湧《わ》き、同じ数だけ減っていく。

マラソンにジム、読書会や料理教室。どれも少しかじれば満足するらしい。本人は『やりたい気持ちが湧いちゃうんだ』なんて言ってるけど、これまで、デートの時間はきちんと確保してくれていた。

なのに、近頃は会えない日が続いている。今回の登山だって、友達が所属している登山サークルの遠征に欠員が出たらしく、急遽参加することになったそうだ。

絵理奈は人差し指を指揮者みたいに宙でゆらめかせてから、指先を自身に向けた。

「私は仕事人間だから龍介さんの気持ちは分かるけどね。アプリの会社を立ちあげて未だにひとりでやってるってすごいことよ。しかも、超有名なアプリだもん」

彼の作ったアプリが二年前に大ヒットした。それがきっかけでプロポーズに踏み切ったとあとで説明してくれた。

絵理奈がスマホを操作すると、『わらしベロード』の画面が表示された。わらしべ長者を連想させる藁《わら》と小判のイラストと、『物々交換アプリ　わらしベロード』の文字が書かれている。

画面を操りながら絵理奈は「ふふ」と笑った。

「最初聞いた時はびっくりしたな。だって、物々交換をするアプリなんて、最新なのかアナログなのか意味不明だし」

『わらしベロード』は、最終的に獲得したい物を設定し、自分の持っている物と交換してもらうアプリだ。

例えば、中古車を最終目標に設定したとする。自分が出品するものがオーブンレンジだとしたら、写真と説明文を掲載し、欲しい人を募っていく。いわば、物々交換のマッチングアプリで、相手が見つかればアプリを媒介し取引を行っていく。

手数料は必要なく、かかるのは出品者が品物を送るために支払う送料のみ。近場だと直接会ってのやり取りも可能とのこと。気軽に利用できることもあり、一時はテレビでも取りあげられるほどヒットした。

「うまいことなってるよね。物々交換は三回までの上限制で、それ以上やりたい場合は有料でチケットを購入。どうしても欲しい物がある人は買っちゃうものね」

チケットは一回二百円と低価格設定で、これが学生にも受けた。個人情報をしっかり管理しているのでトラブルにも対応できている。ほとんどの人はなにが出るのかわからないガチャ感覚で遊んでいて、本気の人は目的の物にたどり着くまで課金をくり返す。

『アプリっていうのは、ほとんどが無課金ユーザーなんだ。一部の課金ユーザーによって運営されているんだよ。有名になれば広告料も入るしね』

龍介の説明は私にはよく分からなかったけれど、結婚を決意できるくらいの収入は得られたそうだ。

予想外だったのが、企業からの問い合わせが増えたこと。新しいアプリの開発に出資したい投資家や、IT企業に招かれ、出張することが多くなった。

「予定変更が多すぎる。まあ、今日も出発前に会ってくれるみたいだけどね」

「文句言いつつも『仕方ない』って受け入れてるんでしょ。未来のそういうところ、かわいいよ」

絵理奈は茶化すけれど、問題なのは出張先への交通手段だ。

「今どき新幹線にも乗らないんだよ。電車もダメで、信用してるのは自分の運転だけっておかしいよね」

車も高速道路は利用せず一般道のみを選ぶ。ここから東京へ行くのなんて新幹線なら二時間もかからないのに、彼は半日かけて移動するのだ。もちろん、帰りも同じ時間がかかる。

「青森の業者と打ち合わせした時なんて、ホテルが取れなくて車の中で凍死しかけたんだよ」

同意を求めても絵理奈は笑っているだけ。

「未来こそ、同じ話ばっかりしてる。龍介さんが車しか乗らないのなんて、つき合った当初から分かってることでしょうに」

「そうだけど……」

コーヒーに、ミルクがじわじわと広がっていく。こげ茶色に侵食されていくグラスを見ていると、愚痴《ぐち》も落ち着いてくる。なんだかんだ言っても、龍介が好きなことに変わりはない。

これまでたくさんの人とつき合ったとは言えない私でも、仕事で関わる人は多い。龍介はその誰よりもやさしくて繊細で、なによりいつも見守られている安心感をくれる人だ。

「龍介さんらしいけどね。アナログっていうか、昔の人が現代に現れた感じ。印象は薄いけどやさしそうだよね」

「そっか。こないだばったり会ったっけ」

「会った、って言うより見かけたって感じ。だって未来と話しているうちに、気がついたらどっか行っちゃって行方不明になったでしょう?」

ああ、と思い出す。最後に会ったのは、駅前のショッピングモールでだ。偶然、絵理奈に会った時に何度目かの紹介をしたんだっけ……。

「自由な人なの」

生田《いくた》龍介を表すのにこれ以上ぴったりくる言葉はないだろう。長所はやがて短所になるらしいが、今のところは大丈夫だ。

「危険な気がする」

ふいに絵理奈がそう言った。

「危険だよ。なんで自分の運転にそんなに自信が持てるんだろう。事故に遭うのなんて一般道でも同じじゃない？」

彼は言っていた。

『どうせ死ぬなら電車や飛行機みたいに不可抗力で逝《い》くよりも、自分の責任で死にたい。それなら、最期の瞬間に抗《あらが》えるかもしれないし、納得だってできる』

もっともらしい口調だったけれど、私にはまだ理解できずにいる。

「そうじゃないって」と、絵理奈は私に人差し指を向けた。

「危険なのは龍介さんじゃなくて未来のこと。『出発前に会ってくれる』なんて、未来のほうが下の立場にいるような言いかたをしてたから」

「ああ……そんなつもりじゃないんだけどね」

絵理奈は指先を自分の頬に当ててツンツンと押した。指先の動きで表現するのは絵理奈の昔からの癖だ。

「ここらへんが乾燥してる。未来は水分不足気味ね」

「げ、ヤバい」

おどけてアイスコーヒーを飲んでみせた。

「忙しいのは未来も同じ。結局、ふたりとも忙しいんだよ」

戻って来た楓が、私たちの会話に加わろうと交互に顔を見てくる。ハイライトを上塗りしたのだろう、古い店の照明でもキラキラ輝いていた。

「龍介さんの話？」

「そう」とうなずくと、楓はまたポワンとした顔になった。

「いいなあ、社長夫人だもんね。アプリ開発会社の社長なんてかっこよすぎる。苗字も二文字だし」

つき合いはじめた時より、去年プロポーズされた時より、今がいちばん多忙なのは見ていてわかる。

急に絵理奈がクスクス笑い出した。クールなのに、突然思い出し笑いをするのも彼女の癖。

「そういえば、龍介さんってアプリを開発しているくせに、スマホ嫌いなんだよね。なんか笑える」

「あたしも最初聞いた時は驚いた。メールとかＬＩＮＥもしないんでしょう？」

テーブルにある私のスマホに目をやる楓にうなずいた。

「画面の文字にするとうまく伝わらないから苦手なんだって。私からのＬＩＮＥは見てくれてるけど、すぐに折り返しで電話がかかってきちゃう。私が電話に出られないときは、LINEに『はい』とか『いいえ』っていうひと言だけの返信がくるの。スタンプなんて使い方も知らないんじゃないかな」

「たまに手紙をもらう、って言ってなかった?」

つるんとした頬で楓が尋ねた。

「手紙っていうか、はがきが多いの。思ったこととか、あったことを書いて送ってくれる。いつでも送れるようにはがきを束で持ち歩いているんだって」

出張先から送られてくるはがきは、無地のものに短いメッセージが添えられているだけ。『どうしてスマホのメッセージじゃダメなのか』とつき合った当初、何度も尋ねた。そのたびに彼は当たり前のように言った。

『はがきは自分と向き合って書けるからいいんだ。スマホだと返信に焦ってしまうからね』

やっぱり理解しがたい答えだったけれど、そういう不思議なところも含めて私は好きだった。

「ほんと、おもしろい人だね」

「なんだか昔の人みたい」

絵理奈が「そう！」と人差し指を今度は楓に向けた。

「ちょうど今そう言ってたところなの。昔の人が現代に現れたって」

「ウケる！」

さっきまで意見をぶつけていたふたりが意気投合してくれるなら、まあいいか。ひとしきり笑ったあと、楓が思い出したかのように手をぱちんと叩いた。

「で、プロポーズの話はどうなったの？ そろそろ結婚式場押さえないと間に合わないよ」

楓は自分の働く会社で式を挙げると信じて疑わない。もちろんそのつもりで、龍介とも話をしてきた。けれどこの半年近く、結婚については話題にすらあがっていない。

「まあ、そのうちね」

「ちゃんといいプラン用意してあるからって龍介さんにも言っておいてよね。つき合って二年、プロポーズされて一年。龍介さんも三十三歳になったことだし、動いてもいい時期はとっくに過ぎてる」

さすがはウエディングプランナー兼結婚式場スタッフだけあって、データが頭に入っている。

「はいはい」と笑う私を絵理奈がなにか言いたそうな顔で見ているのが視界の端に映って

いる。気づかないフリでアイスコーヒーを飲んだ。

あんなにシロップを入れたのに苦く感じる。

「未来の仕事は順調？」

ようやく楓が話題を変えてくれたのでホッとした。

「まあ、なんとかね」

「それにしても、まさかおじさんがお寺を引退して葬儀屋をはじめるなんてね。『お寺の未来ちゃん』じゃなくなるなんて想像もしてなかった」

絵理奈もストールを直しながら「本当に」と同意した。

「おじさん、起業するタイプには見えなかったのにね。まさか未来も手伝うことになるなんて」

私も予想外の出来事に対し、予想外の行動をしてしまった。自分の意志で選んだつもりでも、今となれば、なし崩し的にそうなった気がしている。

ずっと住職の娘のままだと思っていたのに、ある日突然父は引退宣言をし、家族葬専門の葬儀会社を設立したのだ。

私は唯一の社員としてバタバタと走り回っている。

「休みの日くらいもっと自由な服装でもいいんじゃないの？　最近の未来は、地味な恰好《かっこう》ばっかり」

楓は私の服装を見て眉をひそめた。服装をけなすのも、長年の間柄だからできること。

「しょうがないでしょ。急に親から連絡が来て、ご遺族に会いに行くケースも多いし。今もお父さんからのメールが連打で来てる。帰りにここへ挨拶《あいさつ》行けとか、花屋に予約入れろとか」

「日曜日は公休日にして、おじさんに行ってもらいなよ。いつでも待機してるなんて、休みがないようなもんじゃん」

楓の言うことはもっともだ。でも、従業員が父を含めて二名、パート職員ひとり、葬儀スタッフは派遣社員でまかなっているとあらば私が動くしかないのが現状。こんなに苦労しているのに利益は雀《すずめ》の涙らしい。まあ、黒字になっているだけマシってことか……。

「せめて上着だけでも色のついたものにしたら？　訪問する時にサッと替えればいいんだし」

服装チェックをやめない楓に、改めて自分の服装を見おろす。白シャツに黒いスカート、椅子に掛けたロングカーディガンはグレーではたしかに地味と言われても仕方がない。

「私はいいと思うよ」と、絵理奈が助け舟を出してくれた。

「未来ってそういう地味な服が似合うし」

「それって褒《ほ》めてないよね？」

ツッコミを入れると、絵理奈は心外そうな顔をしてみせた。

「褒めてるよ。派手なメイクに派手な服だと、『女を誇張して男を狙《ねら》ってます』って感じがするし、それくらい控えめな方がいいと思う」

「なによ！　それってあたしを批判してるわけ？」

今度は楓が食いつく。昔から絵理奈は感じたことをそのまま言葉にする。楓も慣れているから、すぐに椅子にだらんともたれた。

「ああ、どっかにいい男落ちてないかなあ。落とし物みたいに道端にあったなら、すぐに持って帰っちゃうのに。ただしイケメンに高身長、高学歴に限る」

本当に持ち帰りそうで怖い。というか、楓ならやりかねない。

仕事のこと、恋愛のこと、プライベートのこと。常に頭を占めて絞めて閉める悩みが、みんなといると少しだけ薄れる気がする。

声にして笑いながら、そんなことを思った。

ふたりと別れてから龍介にＬＩＮＥを送ると、すぐに電話がかかってきた。

『すぐ迎えに行くよ』の言葉通り、二分もしないうちに彼の四駆が駅前の送迎レーンに滑り込んでくる。

「忙しいのにごめんね」

助手席に乗り込みながら、さっきの絵理奈の言葉がふわりと浮かんだ。別に下の立場で言ってるわけじゃない。迎えに来てくれたことに対するお礼を伝えただけ。

「いいよ。こっちこそごめんね」

ほら、対等な関係なんだ。少し安心しながら久しぶりに会う横顔を見つめた。

高身長の彼は、車の中にいるといつも窮屈そうに見える。無造作《むぞうさ》に散らばった黒髪に、黒いジャケットに黒いパンツ姿。鋭角に生えた眉のせいで男らしく見えるけれど、笑うと子供みたいにふにゃっと顔全体が緩くなる。

人懐っこい狼みたい。この印象は出会った時からずっと変わらない。

アクセルを踏み、車は道路を右へ曲がった。

これから登山に行くのだから、家に直行なのは仕方ない。

「どこの山に行くんだっけ？」

「山梨県にある駒《こま》ヶ岳《たけ》ってところ。北沢峠《きたざわとうげ》から入るルートで、早朝から登って八時間くらいで山頂の予定」

今日も彼の車は制限速度を超えることはない。うしろに列ができるのもお構いなしで慎重に左右を見ながら走らせている。

「駒ヶ岳って長野県だと思ってた」

「山梨県と長野県にまたがってるんだ。これからの季節は緑がきれいだよ。いつか、未来とも行けるといいけど、無理なんだろうな」

そう言ったあと龍介はクスクス笑った。

「未来が登山している姿は想像できないし」

「ひどい。やってみなきゃ分からないよ」

私も笑う。実際、登山にチャレンジする自分の姿は想像できない。

「でもさ、どうして急に登山をする気になったの？」

慎重派の彼らしくないチョイスだと思っていた。

「哲央《てつお》の入ってるサークルなんだよね」

「へえ、安間《あんま》さんって登山もするんだね」

安間哲央は、龍介の昔からの親友だ。龍介と同い年で高校からのつき合い。ちなみに、安間さんは私の営業先である菊川《きくがわ》大学病院のスタッフだ。

一緒に食事をしたり病院で見かけることもあったが、とにかく明るい性格という印象が強い。

龍介はどちらかと言えば文学青年のイメージだけど、安間さんはまさしく体育会系。彼にほだされて、龍介の危険レベルの判定基準も緩んだのかもしれない。

「本当のことを言うと、俺は登山っぽい登山はしないんだ。運転手と最初のベースキャンプで待機する連絡係ってところ。Ｗｉ－Ｆｉが完備されてるって言うから、そこで仕事に専念するつもり」

危険性は少ないってことか。

「じゃあさ、今度あそこにまた行きたい」

「あそこ？」

きょとんとする龍介が右にハンドルを切った。実家はもう少しで見えてくる。

「御前崎灯台。もうずいぶん行ってないでしょ。前回も渋滞にはまって途中で引き返したから、正確に言うと二年以上行ってないんだよ」

私たちの最初のデート場所であり、プロポーズの時に目指した場所。

龍介は「ああ」とうなずいてから目を細めた。

「そうだね。ベースキャンプには行けるのに、あそこがダメってのはないよね。もう一度、チャレンジしてみよう」

そう言ってくれた龍介にホッとした。会える日が少なくても私たちは変わらない。彼はまだ私との結婚について考えてくれているんだ。

駐車場に車を入れると、彼は玄関に近い場所で停《と》めてくれた。暗闇の中、右手には実家、左手には葬儀会場の建物がある。

「気をつけて行ってきてね」

「うん」

「帰りは水曜日だったっけ？」

「うん」

「じゃあ――」

シートベルトを外すと同時に、龍介が私を抱きしめた。短いキスをしたあと、また抱きしめられる。

「好きだよ」

「私も」

この言葉だけでしばらくは大丈夫。そっと体を離すと、やさしい瞳がすぐそばにあった。

「向こうではがきを書くから」

「前みたいに戻ってから渡すのはダメだからね」

大阪に出張した時は、なぜかこっちに戻って来てから直接はがきを手渡された。

「分かった。明日は仕事？」

「うん。営業三昧《ざんまい》でくじけちゃうかも」

家族葬はここ数年で一気にメジャーになり、うちのような小さな葬儀会社が増えている。大手の葬儀会社でも家族葬コースに力を入れるようになり、シェアを奪いあっている状態だ。

「無理しないで」

「無理するしかないの。お父さんは全然手伝わないし、ひとりでがんばってる気分だし」

甘えてる、と自分でも分かる。これから会えなくなる彼を責めている気分になり口を閉じた。心配させちゃいけないよね。

龍介が右手をあげ、自分の肩と肩の間をポンポンと叩いた。

「困ったり落ち込んだら、自分を励ましてあげて」

彼はこのまじないをよく勧めてくる。

「それ、あまり効果がないと思うんだけど」

私もやってみせるけれど、龍介ほど体が柔らかくないので首の下あたりを叩くのがやっと。

それでいい、と彼は笑う。私の大好きな笑顔だ。

車を降りて手を振る。私が玄関のドアを開けるのを待ってから、車は動き出した。

「じゃあ、またね」

なにも変わっていない。あの頃となにも変わっていないんだ。

安心する一方で、プロポーズされた日からもなにも変わらない現実にも直面する。

ドアを閉めて中からカギをかけると、もう一度背中を二回叩いた。

大丈夫。私たちはきっと大丈夫なはず……。


龍介との出会いは葬儀場だった。

その日は朝から雨で、葬儀が終わるまでBGMのように雨音が聞こえていた。

大野木《おおのぎ》光男《みつお》さんは、このあたりでは有名な茶工場の社長だった。先代から茶工場を受け継いだ光男さんは、それまで働いていたＩＴ企業での知識を工場に取り入れ売上を拡大した。

大野木家は檀家だったけれど、社長ということもあり、家族葬ではなく市内でも二番目に大きな葬儀場で式は執《と》り行われた。

五十五歳、あまりに早い死に遺族は悲しむというより呆然《ぼうぜん》としているように見えた。従業員と思われる人たちは沈痛な面持ちで、光男さんが愛されていたことを表していた。

式の最中から、ずっと気になっている男性がいた。私と同じタイミングで受付をした彼の作法は完璧《かんぺき》だった。

受付で伝えるお悔《く》やみの言葉は短くも心があり、故人を偲《しの》ぶ気持ちが表れていた。光男さんの奥さんが男性を見つけ『龍介さん』と声をかけていた。

式が始まってからも、私は龍介と呼ばれた男性から目を離せなかった。

着席する際の周りへの目礼、焼香の作法が完璧だったからだけじゃない。

式の最中、彼はずっと遺影をにらんでいるように見えたのだ。

頬に涙をこぼしながら、光男さんを責める彼に違和感を覚えた。

式が終わると遺族は火葬場へ向かい、参列者は別の会場へ案内された。これから遺族を偲びながら簡単な食事会がおこなわれる。

私は打ち合わせがあったので辞退し、会場をあとにした。車を走らせながらも、さっき見た男性のことが頭から離れなかった。

彼はどうして泣いていたのだろう？　どうして怒っていたのだろう？

四月の雨は細く、ワイパーに砕け散りフロントガラスからはがれていく。

「あ……」

嫌な予感に導かれ、車を路肩に寄せた。助手席に置いてあったバッグを漁《あさ》るが、ハンカチがない。葬儀場に忘れ物をすることはマナーに反する。ましてや同業者ならありえないこと。

自分のうかつさを呪いながら、式場に戻るとすでにスタッフが片づけをしているところだった。

私が座っていた席にハンカチはまだあった。バッグにしまい、外に出ようとして気づいた。入口横にあるベンチにさっきの男性が座っていたのだ。庇《ひさし》が短いせいで、男性の膝から先は雨に濡《ぬ》れていた。空を見あげる横顔は穏やかで、雨を読むように眺めている。

声をかけたのは私のほうが先だった。

「よろしければ、カサをお貸ししましょうか？」

車にはまだもう一本カサを入れてある。男性は私にゆっくりと顔を向けると、穏やかにほほ笑んだ。

「ああ、いいえ。お気遣いありがとうございます」

YESなのかNOなのかの判断がつかない返事に戸惑っていると、

「光男さんのお知り合いですか？」

彼は尋ねた。さっき見た険しい表情もなく、むしろやさしさに満ち溢《あふ》れた人に感じた。

「父が元住職で、光男さんのおうちは檀家さんでした。昔からかわいがってもらっていました。茶摘みの時期には手伝わされたりもしましたけど」

「光男さんらしい。俺もよくやらされたよ」

にっこり笑う彼は『生田龍介』と名乗った。受付で見た男性で間違いない。

「光男さんは叔父《おじ》にあたる人でね、俺にとっては師匠みたいな存在なんだ。勉強だけじゃなく人生やパソコンについてまで、いつも教えてもらっている」

現在進行形で話す龍介はやさしい人だ。とすると、葬儀中の態度はやはり気になる。

「葬儀中に何度か目があったね」

照れたように言う龍介に、

「すみ……ません」

素直に謝った。やはりチラチラ見ていたことがバレていたんだ。

「いや」ゆるく首を横に振ってから龍介はまた雨を見る。

「人が亡くなると悲しいよりも先に、どうしようもない拒絶の感情が生まれてしまうんだ。でも、いい式だった。やっと……」

視線を落とす龍介が口の中で小さく笑った。

「受け入れられる気がしているよ」

「そうですか……」

あげた右手を自分の背中に当て、龍介は二回ポンポンと叩いた。

「これは自分を元気づけるおまじない。けっこう効果あるんだよ。ほら、もう元気になった」

少年みたいに笑う龍介に、私も真似をしてみた。

「どう？」

「正直……よく分かりません」

なぜだろう。龍介の前ではウソをついてもすぐにバレてしまう気がした。龍介はきょとんとしてから、おかしそうに笑った。

「だよね。急にごめん」

それから名刺交換に移ったのは自然な流れだった。

あの瞬間、私の恋はこの世に生まれたんだ。

雨の日の営業は嫌いじゃない。

普段は原付で移動するため、目的地に到着する度に髪型を気にしないといけないけれど、雨の日は別。堂々と車を使えるし、荷物もたくさん持っていくことができる。

月曜日は急な相談が相次ぎ、営業まわりが一日ずれてしまった。

車内のミラーでメイクの最終確認をしてから車を降りると、駆け足で屋根のついた通路へと急ぐ。雨が跳ねる駐車場は、いつもより景色が薄く世界が滲《にじ》んで見えた。

通路の先に、病院の正面玄関が見えてくる。

菊川大学病院は、名前の通り静岡県菊川市にある総合病院。菊川市民病院と並び、私の住む地区を代表する大きな病院だ。約四万八千人の人口という小さな市だけど、医療や介護が充実していることが周知されてきたのか、世帯数は年々増加している。

といっても、大きな商業施設やアミューズメント施設は少ないので、若者にとっては微妙なところらしい。それでも、県内三十五市町村の中でも高齢化率はまだまだ低い方だ。

自動ドアをくぐり一礼。そのまま奥へ進むと、受付に座る三浦《みうら》さんが見えた。

三浦さんはこの病院が建った二十年前から働くパートさん。年齢は五十二歳、と本人が教えてくれた。丸いフォルムが愛らしく、童顔でほがらか。三浦さんが受付にいるとホッとする私だ。

「いつもお世話になります。『藤原《ふじわら》葬祭』の藤原です」

頭を下げる私に、三浦さんは右手をヒラヒラと躍らせるように振った。

「堅苦しい挨拶はなし、って言ってるじゃない。未来ちゃんなら大歓迎よ」

明るい三浦さんに救われている人は私だけじゃないはず。三浦さんがなにかを思い出したようにハッとした顔になった。一秒後には椅子からバッと立ちあがる。

「……院長先生と約束してるのよね？」

長谷川《はせがわ》院長とは元々火曜日に会うアポを取っていた。

「はい。二時からのお約束だと思います」

答えると同時に「あああぁ！」と、三浦さんの大声が響き渡った。なにごとか、と見舞い客らしき人がギョッとしているが、隣のカウンターにいる会計担当スタッフは気にも留めていない。大声には慣れているのだろう。

「どうしましょう。長谷川さん、急用で出かけられたのよ。キャンセルの電話を入れるよう頼まれていたのに忘れてたわ。本当にごめんなさい！」

両手を合わせ拝む三浦さんに、「いえ」と首を横に振った。長谷川院長は忙しい人だし、こういうことはたまにあることだから。それよりも、三浦さんは、また『長谷川さん』と呼んでいる。前も事務長さんに注意されていたのに、長年のクセが抜けないようだ。

「分かりました。それでは出直しますね」

「今度は絶対にいてもらうようにお願いするからね。ああ、あと電話は忘れないようにするわ」

「大丈夫ですよ。たしか土曜日に父と会うみたいですから」

住職を引退したあとも父とは飲み仲間らしい。営業はそのときに父にやってもらおう。

椅子に腰をおろした三浦さんはシュンと肩を小さくしている。

「最近、なんだか忘れっぽくってね……。ほんと、イヤになっちゃう。予定変更、忘れないようにメモまで書いたのに、そのメモの存在自体忘れちゃうなんて」

「三浦さん、忙しすぎるんですよ。お身体《からだ》大事にしてくださいね」

この仕事以外にも、ボランティア活動や移動図書館を設立するための運動にも参加していると聞く。自分のことで精いっぱいの私にとって、余暇《よか》活動なんてずっと先の話なのだろう。

「私は大丈夫よ。働くことが大好きだしね。未来ちゃんこそ大丈夫なの？　お仕事は順調？」

質問を返され、縦に首を振ったあと横にも振った。

「なんとか、という感じです。長谷川院長がよくしてくださっているので助かっています」

「院長と和尚さん、同級生なんですってね。それにしても、あのショウユ和尚が引退したこともびっくりだったけれど、まさか葬儀会社を作るなんてね」

父の名前は正雄《まさお》という。住職の時は別読みで名前を呼ぶルールがあるらしく、ショウユという名で通っており、略して『ショウユ和尚』と呼ばれていた。本人も気に入ったらしく、住職時代は袈裟《けさ》の色を醤油《しょうゆ》を連想させる茶色にしていたほどだ。

長谷川院長とは、檀家の縁があるため昔から私もよく知っている。元々は菊川市民病院に長年勤務し、今の病院の副院長を経て二年前に院長となった。出身は長野県で、成人した子供は今もそっちで就職しているそうだ。

「この病院にもいくつかの葬儀会社が営業に来るけれど、未来ちゃんところは院長が対応するから別格扱いだもんね」

そう言ったあと、三浦さんは周りを確認してから「でね」と声を潜めた。

「ここだけの話なんだけど、大手の静岡葬祭ってあるじゃない？　あそこが、新しい『家族葬コース』を作ったらしいわよ」

三浦さんは噂好き。しかも、裏付けを取った噂話しかしないから、ずいぶん助かっている。

「家族葬コースは前からありませんでしたか?」

「あったわよ。でも、今回は『新家族葬コース』ですって。『新・信・眞』の三つのコースがあるらしくてね、かなり低価格のプランもあるんですって」

静岡葬祭は、この地区でいちばん有名な葬儀会社だ。自社で式場だけでなく、葬儀に使う花の卸会社や動画撮影の会社も設立しており、ローカルのテレビやラジオでもよくCMが流れている。宣伝に力を入れているため、その分値段も張るが、名前は県民なら誰でも知っているだろうというレベル。

一方、うちの葬儀会社『藤原葬祭』は個人経営なので、家族葬専門。利点として値段設定は低めで、親しい人だけで見送りたい時に選ばれやすい。

「低価格プランができたのですか。それは貴重な情報ですね」

「ふふ。情報は流すから安心して。なんたって、うちも吉大寺《きちだいじ》の檀家だからね」

吉大寺は父が元々住職をしていた寺の名前だ。

子供の頃は檀家のシステムについてよくわからなかった。簡単に言うと、お寺と契約をし、お布施などをする代わりに葬儀や墓の保守をおこなってもらうこと。父はもう和尚でも住職でもないが、現在の住職に代わってからも、檀家の人は有事の際はうちを利用してくれることが多い。

「あら、いけない」

三浦さんが玄関に目をやった。噂をすればなんとやら、当の静岡葬祭の営業さんが入ってきたところだった。

「ありがとうございました」

頭を下げ受付をあとにした。営業さんと目礼を交わしたあと、玄関近くの長椅子に座りスマホに営業記録をつけた。

スマホをバッグにしまっていると、早々に営業を終えた静岡葬祭の営業さんが歩いてくるのが見えた。名前はたしか……江西《えにし》さんだ。私より少し上くらいの年齢だと推測する彼とは、たまに病院でかち合えば話をすることもあった。

普通、ライバル会社とは（向こうはライバルとすら思ってないだろうけれど）情報交換をすることはない。けれど、家族葬においてはうちの方が低価格なため、予算と折り合わない客を紹介してくれたこともあった。それ以来、会うと話をすることが増えた。

江西さんはいつも疲れた顔をしている。黒いスーツで靴も光るほど磨かれているのに、会うたびにその印象は強くなるばかり。以前は髪も短く、分け目も直線だったのに今では無造作に横に流している。たまに会うせいか、変化の具合がよくわかる。

「お疲れ様です」

今日もくすんだ肌の色の江西さんはそう言った。

「お疲れ様です。あ、雨が……」

肩のあたりが濡れている。江西さんは「ああ」と短く言ったあと、ようやく少し笑みを浮かべた。

「駐車場についたとたん激しくなりまして、カサが役に立たなかったんです。あの、隣いいですか?」

「はい」

隣に腰をおろすと、江西さんは持っていたチラシを渡してきた。『新家族コースできました』と大きく書かれている文字の下に、和《なご》やかな家族の写真が映っていた。三浦さんの情報通り『新・信・眞』の三つのコースがあるようだ。

「今日から新しいコースができたんです」

淡々とした口調で江西さんは説明した。

「家族葬に力を入れるようですね」

「ええ」と自嘲気味に江西さんは笑う。

「『新・信・眞』という三つの『しん』から成るコースだから、営業部では冗談で野球の

『三振コース』って呼んでたりしています」

「三振……」

曖昧にうなずくと、江西さんは小さく肩でため息をついた。

「久しぶりの新しいコースなんですが、正直に申し上げると表記方法に問題があるんです。安い金額で掲載してあるのですが、内容を考えると、むしろ割高なコースばかりなんです。うちだけで見積もりを立てるかたには気づかれませんが、ほかと比べるとすぐにバレてしまいます」

一見すると基本料金が下がったように思えるが、よくよく見れば表示を変えただけ。以前は基本料金に組み込まれていた控室代と花代が別料金になっている。一番安いコースでも、まだうちよりは高いことを知り胸をなでおろした。

それでも、このチラシを見た人は安いと思うだろうな……。

「最近ではどんどん、利益を重視する体制になっています。営業先も今や、病院だけじゃなく介護施設や老人会、ゲートボール教室まで広がっています。かなり強引な営業もかけていて――いや、仕方ないんですけどね」

江西さんは新卒で静岡葬祭に入ったそうだ。今では静岡県西部の営業統括も兼務していると聞いた。きっといろんな苦労があるのだろう。

「大きな会社だと大変ですね」

「大きいからこその利点も大きいんですけどね。色々と考えてしまいます」

江西さんは目をゴシゴシとこすった。私の視線に気づき、照れたように顔を伏せた。

「ちょっとこの頃、寝不足なんですよ」

「夜間コール対応とかですか?」

葬儀が必要になるのは起きている時間とは限らない。夜中に突然電話が来て、そのまま打ち合わせに出かけることも多い。

が、江西さんは相好《そうごう》を崩し首を横に振った。

「静岡葬祭には夜間コールセンターがありますから助かっています。基本、翌朝対応することになっていて、よほどの緊急時以外呼ばれることは少ないんですよ」

「うらやましいです」

心の底から言った。うちは、夜間でもおかまいなしに電話が鳴ることもあるから。しかも、電話に出るのは私だけ。宿直担当が毎日続いているようなものかもしれない。

顧客数を増やせばそのぶん夜の出勤も多くなるんだろうな……。

そんなことを考えていると、江西さんが「実は」とやわらかい声で言った。

「子供が生まれたばかりなんです。夜泣きっていうんですか? すごいですよ、あれ。予想もつかないタイミングでいきなり泣き出すんですから」

困ったように、でも幸せそうに言う江西さん。左手の指輪で結婚していることは知っていたけれど、赤ちゃんがいることは初耳だった。

「そうだったのですね。おめでとうございます。でも、うれしい悲鳴ですね」

「寝不足でも全然平気です」

力こぶを作る真似をする江西さんに、笑い声をあげそうになり口を閉じた。幸せは、その人の周りの空気も暖かくするものなのかも。

「大黒柱の江西さんが倒れては大変ですから、お身体には気をつけてくださいね」

「ありがとうございます。まあ、これからは子供のことを中心にやっていこうと思っています。そのためならがんばりますよ。藤原さんもどうかお元気で」

「ありがとうございます」

江西さんを見送ってから、父へメールを送った。今日は夕方から顧客の家にご挨拶に伺うことになっている。二丁目に住む林《はやし》さんは、九十歳。危篤《きとく》だが、家で最期を看取るそうだ。

まだ時間はかなり早い。一度家に戻ってから出かけるか、ファミレスでお茶でも飲もうか……。

ぽっかり空いた時間には、龍介のことがふわりと頭に浮かんでしまう。明日までは登山をしているらしい。きっと戻って来たあとに、現地からのはがきが届くのだろうな。もしくは、次のデートで渡されるのだろうか。

メールやLINEのやり取りより、電話やはがきの方が温度が感じられる。龍介の主張も一理あるとは思う。この間は会えてうれしかったな。少しの時間でも龍介のやさしさを感じられれば安心する。

会いたいばかりの私だけど、忙しいのは彼だけじゃない。そんなふたりが一緒になろうとして早一年。走り回っているはずなのに、すごろくのコマは同じ場所に留まっているような気分だ。

病院の中にいても雨の音が遠くで聞こえている。出会いは雨の日の葬儀場。そして、つき合うことになったのも同じく雨の葬儀場でのことだった。

当時、龍介とはたまに食事に行くくらいの関係だった。あの葬儀での出会いから一年が過ぎようとしていた。

食事に行く約束をしていた日に通夜が入ってしまい、キャンセルをしたのが前日夜のこと。お互いに仕事が忙しく、こういうことはたまにあった。

いつしか龍介を好きになっていた私にとって、会えない日はいつも彼のことを考えてしまっていた。

通夜も終わり、片づけをしていると龍介から電話がかかってきた。まだ親族を控室に案内しているところだったので、あとで留守電を確認すると『終わったら電話をください』とメッセージが入っていた。

深夜になり、翌日に控えた葬儀の準備も終わった。もう寝ているかも、と思いつつ電話をかけると『駐車場に来て』と言われた。何分後に行けばいいのか尋ねると、『もういるよ』と。

いつの間に降り出したのか、雨で濡れた駐車場に龍介の車が停まっていた。ずっと待っていてくれたと聞いて驚いた。助手席に乗ると、彼はタオルを渡してくれた。うれしそうに目をカーブさせたあと、龍介は背筋を伸ばし口を開いた。

『君のことが好きになってしまったんだ』

今思うと、プロポーズの時と似たような告白だった。

『どうしても伝えたいって思ったんだ。一秒でも早く告白したかった。ダメだったかな?』

後日、なぜあの日だったのかを聞いたら、龍介は当たり前のようにそう言っていた。

あれからもうすぐ二年が経《た》つ。アナログで頑固《がんこ》な龍介だけど、いつも私を好きだと伝えてくれている。結婚に向けた硬直状態も、いつかは笑い話になるのだろう。

笑みを浮かべていることに気づき、キュッと口を閉じた。

診察は午前中だけなので、今は見舞い客と検査予約をした人くらいしかいない。もう雨の音も聞こえず、たまに行き交う人の足音がこだましている。

ふいに『龍介』と言う声が聞こえた気がした。ちょうど彼のことを考えていたから聞き間違えたんだろう。

声のしたほうへ視線を向けると、柱に体を預けて電話をする男性がいた。リハビリ担当スタッフが着る白いユニフォーム姿で、空いている手にはエコバッグが握られている。

「え……」

思わず声が漏れたのは、その男性に見覚えがあったから。男性は私に背を向けたまま、電話の相手に声を潜めて話をしている。

「だから、休憩中なんだって。え、雑誌？　ああ、買ってきたよ。あとで持ってくから。——今？　お前ふざけんなよ」

声を荒らげたあと、焦ったように辺りを見回す男性。短い髪、童顔に似合わない厚い胸板、赤いケースに入ったスマホ。人違いじゃない。

何度見ても、龍介の親友である安間哲央さんだ。この病院で理学療法士として勤務しているから、いるのは不思議じゃない。でも……今はサークルで登山に出掛けているはず。

「分かったって。しょうがねーから今から持ってってやる。てか龍介、お前、マジで自分の立場わかってねえよな」

やっぱり彼の名前を口にしている。もっと聞きたかったが安間さんは電話を切ると足早に病棟へ足を進めた。

どうしよう、と考える間もなくうしろをついて行く。声をかける、という選択肢は浮かばなかった。

程よい距離を保つ私は、まるでスパイだ。足音を立てず、目立たないよう距離を取りつつ追いかける。

スタッフは階段を使うのがルールなのか、トレーニングの一環か、安間さんはエレベーターを使わずに脇にある階段を駆けあがっていく。少し間を取り、そっと階段を上る。

最後に会った日、龍介は安間さんのことを口にしていた。一緒に行くと言っていたはず。それなのにどうしてユニフォームを着ているの？　龍介となんの話をしていたの？

安間さんがスマホをいじくりながら上の階へと進んでいくので、何度も追いつきそうになる。そのたびにサッと体を隠したり数段下りたりしてやり過ごす。

五階の非常用ドアを開けた安間さんがフロアに消えるのを確認し、急いで残りの階段を駆けあがった。苦しいのは階段のせいだけじゃない。

重いドアをわずかに開けて様子を探る。これはもうスパイというより探偵だ。

入院病棟なのだろう、消毒液の匂いに交じりクラシックのBGMが小さく流れている。

ざわざわしたロビーとは違い、落ち着いた雰囲気だ。

「待って」と勝手に唇が言葉をこぼしていた。違和感がふいに足元から這《は》い上がって来る感覚に襲われる。

安間さんは電話で『今から持っていく』と言っていた。

体を覆った違和感が、今度は逆流するように下がっていく。まさか……龍介がこの病院に入院しているの？

どうしよう……。

龍介になにかあったのかもしれない。

スマホを確認するけれど、龍介からの着信はなかった。

安間さんに確認しないと。私が廊下に出るのと同時に、安間さんは男子トイレに消えた。

「どうしよう、どうしよう」

胸が激しく鼓動を打っている。

トイレから出てきた安間さんは、私に気づかず病棟の奥へ足を進めた。耳に当てているのはスマホではなく、院内用のPHSでだった。誰かに指示を出しながらどんどん歩いていくので声をかけるタイミングが計れない。

龍介、龍介。心の中で何度も名前を呼んだ。嫌な想像をかき消し、ただの勘違いであることを願った。

安間さんの横にスチール製のカートを押す看護師が並んだ。看護師の持つカルテを眺めながら真剣な声で通話を続けている。

近づくことができないまま、ふたりはひとつの病室のドアの向こうへ消えた。

急いでそのドアの前へ行く。

「ああ……」

ドアの横にあるプラスチック製の名札に『生田龍介』と書かれてあった。足元から崩れそうな感覚に、手すりをつかんでこらえた。

やっぱり怪我《けが》をしているんだ……。ふいにスマホがけたたましい音で鳴った。父からの着信だ。

慌てて廊下を引き返すけれど、今は電話に出る状況じゃない。おもしろいくらい震える指先で電源を切ると同時に、病室のドアが開き安間さんが出て来た。こっちに向かってくる安間さんが、数歩進んだところで私に気づきハッとした顔になる。

「安間さん、あの……あのっ」

声にならない私に、安間さんがなぜかニッと白い歯を見せた。

「おお、やっとお姫様が来た」

意味が分からず固まっていると、安間さんは「ここ」とあごで病室を指した。

「龍介が待ってるぞ」

「え、龍介……やっぱり入院しているの？　え、なんで？　どういう……」

頭の中がぐちゃぐちゃになり答えが見つからない。そんな私に安間さんはもっと不思議そうな顔をする。

「入院してるって龍介から電話あったんじゃねえの？」

「あ……うん」

まさかあとをつけたとは言えず、曖昧《あいまい》に返事を濁した。

「龍介は、龍介は無事なの？」

「……ん？」

「容態は⁉　ねえ、龍介は……」

最後は声にならず勝手に涙がこぼれ落ちていた。安間さんは眉をひそめていたが、やがて「大丈夫」と笑った。

「あいつも幸せだよなあ、こんなやさしい彼女がいて。ほんと、もったいないくらい。怪我はたいしたことないから、処置が終わったら会ってやって。あ、俺ヒルメシ食わなきゃ。またあとで顔出すわ」

あっさりと去っていくうしろ姿を見送る。

……なに、これ。まるでドッキリ企画みたい。

でも怪我が大したことなくてよかった。あんなに慎重な龍介が怪我をするなんていったいなにがあったのだろう。

なかなか看護師が出てこないので、もう一度病室の前へ向かう。名札の文字を見てふたつの感情が生まれるのがわかった。ひとつは、やっぱり入院していたんだ、ということ。もうひとつは、心配する感情よりもモヤモヤとした怒りに似た感情。

――なぜ連絡をくれなかったの？

ガラッとドアが開き、小柄な看護師がカートを押して出てきた。私に一礼して隣の病室へ入っていく。

ドアをノックすると「はい」と龍介の声がした。ドアを横に引き中に入る。部屋は個室で、中央にあるベッドに上半身を起こして座る龍介がいた。前に会った時となんら変わらない。長身の体を窮屈そうにベッドに置き、私が密かに好きな子犬みたいに丸い目をさらに丸くしている。

「え、未来？　どうして？」

驚く龍介に答えず、ベッドに近づくと彼は安間さんにもらったであろう雑誌のグラビアページを開いていた。私の視線に気づいたのか慌てて雑誌を閉じる。その時になってやっと私は、龍介の左腕にギプスが装着され三角巾で吊られていることに気づいた。

「え……骨折したの？」

龍介は恥ずかしそうに左腕を見てにがい顔になった。

「登山開始直後にすっころんでさ。現地の病院に入院するわけにもいかないからこの病院に連れてきてもらったんだ。そこまでひどくないけど、全治二か月だってさ」

まるで天気の話でもしているみたいに軽い口調で龍介は言った。私が仕事で悩んでいても、あっけらかんとアドバイスをしてくれていた。いつもなら重荷を取ってもらえたような気になれるのに、今回は逆にずしんと心に負荷がくる。

「……どうして？」

「足を滑らせたみたいでね。気づいたら青空が視界いっぱいに広がってたんだよ。でも腕がすごく痛くて」

「そうじゃない。どうしてすぐに連絡くれなかったの?」

遮《さえぎ》るように放った言葉は自分で思うよりも鋭かった。せめぎ合ったふたつの感情は、怒りのほうが勝ったみたい。

龍介も気づいたらしく、口を開けたまま視線を落とした。伸びた前髪のせいで、龍介の表情が見えなくなる。

「たまたま営業でここに来たら安間さんを見かけたの。どうして怪我をしたのならすぐに連絡をくれないの?」

龍介の両親は若くして亡くなった。いちばん近い親戚だって、長期入院をしていると聞く。

『君との未来を思い描いてしまったんだ』

あのプロポーズで、誰よりも龍介のそばにいられると信じた。彼のいちばん近くにいられると信じたのに、私には連絡がこなかった。その事実がナイフのように刺さっている。

胸に、心に、想いに。

叱《しか》られた子犬のように上目遣いで私を見た龍介が、「ごめん」と呟《つぶや》くように言った。

「スマホさっきやっと返してもらってさ。でも、未来に心配かけたくなくて……。あとではがきを書こうと思ってたんだけど」

そういう問題じゃない。安間さんに雑誌を頼めるくらいなら先に電話が欲しかった。思いを言葉に変換できないまま、私もうつむく。

少し前から避けられている気はしていた。

会いたいのはいつも私ばかりのような、だけど会えば龍介のやさしさに安心することができた。

やじろべえが必死にバランスを取ろうともがいている感覚がずっとある。今、バランスが崩れるのを見た気がした。龍介はもう、私のことが好きじゃないのかな……。

ふいに手を握られた。龍介がまっすぐな瞳で私を見ている。

「こんなことになって情けなくて。だから勇気が出なかったんだ」

「私は……」

「危険なところを避けてきたのに会わせる顔がない、って情けなくてさ。でも、会いたかったよ」

握られた手に力が入った。

「なにも変わらないよ。不安にさせてごめん」

龍介はずるい。龍介のやさしい言葉は魔法のように私を安心させる。龍介によって不安にさせられ、同じく安心もさせられている。

「これからはちゃんと教えてね」

そう言った私に、龍介は大きくうなずいた。小さな窓の向こうで拍手のような音がしているると思ったら、矢のように斜めに走る線が見えた。

再び耳に届く雨音は、さっきよりも強くなったみたいだ。


「それは大変だな」は、父の口ぐせだ。

いくつかの営業先に顔を出したあと家に帰ると、すでに夕飯がはじまっていた。トンカツを頬張る父に、着替えもせず静岡葬祭の新プランについて伝えたところだ。

「見た目は安くなっているし、営業強化もするみたい。うちも対抗するチラシを作るべきじゃない？」

提案する私に父は言ったのだ。

「それは大変だな」

いつもそう。葬儀会社をしたいと自分から言い出したくせに、運営についてはまるで他《ひ》人《と》ごと。檀家さんの家には足しげく通っているらしいけれど、営業や細かな事務については丸投げされている感が否《いな》めない。さらに、葬儀には顔を出してもすぐにいなくなってしまう。

そもそも、最近は釣りにハマっているらしく六月末というのに日焼けが肌を焦がしている。サングラスをかけた部分だけ色白なのが気持ち悪い。

ああ、文句を言えばキリがない。

住職じゃなくなってから剃《そ》るのを止《や》めた髪は、未だに見慣れないままだ。昔を知っている人からは『カツラなの？』と聞かれることもある。

「もっと真剣に考えてよ。菊川にも家族葬の会社が増えているし、うちも正社員を入れて質を良くしたほうがいいと思うんだけど」

「たしかにな」

この言葉も信用できない。受け流す時によく口にする言葉だと長年の経験で知っている。

ため息をつき狭いキッチンを見渡す。住職を退いた父が中古で購入したこの家は、リフォームによりキッチンが半分の狭さになった。元々キッチンだったスペースの真ん中に新たに壁が取り付けられ、親族用の控室が作られたのだ。

玄関は家族も客人も使うが、入ってすぐの洋室は事務所、奥にあるリビングは家族用というごちゃごちゃした区分けになっている。

リフォームにより家が狭くなるという事態も、「それは大変だな」で済んでしまった。

母は私の前にお茶を置き、

「お母さんも手伝っているからいいじゃない」

と焦った様子もない。のんびりな思考のふたりから、よくこんなせっかちな娘が生まれたものだと思う。

「やっぱり頼れるのは美和《みわ》さんだけだね」

私の嫌味もなんのその、ふたりはふんふんとうなずいているだけ。美和さんはパートの事務職員だ。事務だけでなく派遣チームの取りまとめや式の進行などマルチに動いてくれている。彼女がいなかったら、この会社は回らないくらいのレベルだ。

明日会ったら相談しなくちゃ。そんなことを考えながら、夕飯を食べ始めて気づく。

「陽菜乃《ひなの》は？」

「ああ」と母が肩をすくめた。

「今朝、帰ったわよ。朔《さく》だけでも置いていってくれてもよかったのにね」

「冗談でしょう？」

顔をしかめてしまう。陽菜乃は私の三つ下の妹で同じ町内に住んでいる。朔は三歳になるひとり息子で私の甥《おい》にあたる。かわいいし、元気だし、うるさいし泣き虫でしつこい。

つまり疲れている日には避けたい。

「陽菜乃ってなんで週末になるとここに来るわけ？」

「あら、葬儀手伝ってくれてるじゃない」

「そうだけど、夜は帰ればいいでしょう。なんで毎週泊まっていくんだろうね」

不満を口にしても母は動じない。

「だって優斗《ゆうと》さん、土日は仕事だもの。夜勤も多いから静かに寝かせてあげたいのよ。サービス業って大変よねぇ」

「よっぽど人出が足りないと手伝わないくせに仕切ってくるし、朔はすぐ泣くし。そもそも最近じゃ日曜日も泊まったりするからうんざりする」

「そんなこと言わないの」

たしなめる母に、父もうなずいている。そうだよね、とお茶を飲む。陽菜乃は昔から可愛がられていた。孫ができてからはこれまで以上に両親は愛を注いでいる。

昔から苦手だった陽菜乃は昨日も、『お姉ちゃんも早く結婚すれば』と憎まれ口をたたいていたっけ。

台所の左側にある小窓からは、葬儀会場の小さな建物の壁が見える。葬儀会場を建てた時には、まさか自分が働くなんて思っていなかった。

「そういえばね」と母が思い出したかのように胸ポケットからメモを取り出した。

「石塚《いしづか》さんの遺影の写真、着替えをお願いしたいんだって」

「ああ、うん」

トンカツの衣を外しながら答える。明日、通夜と葬式を兼ねておこなわれる石塚さんの写真は、たしかに普段着だった。

「スーツの三十五番と、ネクタイは二十一番。背景はR202が希望だそうよ」

「わかった」

葬儀に使う写真はパソコンを使えば簡単に修正できる。何度も番号を見ているので、容易に修正後の姿が想像できる。スーツは黒、ネクタイは白、R202は富士山の背景だ。

「俺はパソコン使えないからなあ」

嘆《なげ》くように言う父にパソコンを覚えるつもりなんてさらさらないことくらい承知している。

「あとで修正してメールしとく。それより、長谷川院長、急なご予定があったみたいで会えなかったよ。今週はもう営業行けないから、週末会ったときによろしくね」

「ああ」

聞いてるのか聞いてないのか、父は食器を流しに運ぶ。

「あと、小野崎《おのざき》さんの奥さん、葬儀にお父さんが顔を見せなかったこと気にしてたよ」

「明日にでも焼香しに行くわ」

あっさりと言うと、父は大きなあくびをかました。

もう、と憤慨していると母が急に顔を近づけてきた。

「ねえ、龍介さんとはどうなってるの？」

「急になによ。別にどうもなってないけど」

問いを軽くかわす。骨折して入院したことを伝えたなら、知らされなかった事実でまた悲しくなりそうだから。

「それならいいけど、また遊びに来るように言ってちょうだい」

「はいはい」

聞かれたくないことを流すのは、親譲りなのかもしれない。


木曜日は予定外の仕事が連打で入った。営業先のひとつである訪問診療の先生から呼ばれ、金銭的余裕のない男性の葬儀について相談された。貯金もなく身寄りもないその男性は、看取りに向けて動いている。点滴も外し、今は訪問看護と診療で経過を観察しているそうだ。

先生の診断では、もってあと数日とのこと。葬式はおこなわず、自宅から火葬場へ送る『直葬』を選択し、そのまま永代供養することになっている。

書類をまとめたところでひとり暮らしの女性から電話が入り駆けつけた。緊急の用事とのことだったが話し相手がほしかったらしく、持病についての話を延々と聞く羽目になった。

最後は、ふたり暮らしの高齢者夫婦を担当しているケアマネージャーから相談の電話が入った。

菊川市でもひとり暮らしの高齢者、もしくは高齢者世帯が増えている。今では福祉や医療サービスの選択肢が増えたので、うまくプランニングすれば自宅で過ごすことは昔ほど難しくない。

そんなことをしているうちに、龍介に会いに行く予定時間はとっくに過ぎていた。

病院の自動ドアを抜ける時に確認すると十七時になろうかというところ。受付の三浦さんが私を見つけて目を丸くした。

「あら、こんな時間に珍しい」

「友人のお見舞いに来ました」

「部屋番号は分かる？」

三浦さんはせっせと帰り支度を進めている。「大丈夫です」とうなずいて奥へ進んだ。

あれから龍介には何度かＬＩＮＥを送っている。相変わらずそっけない返信だったけれど、一度だけ電話をくれた。

『今、未来にはがきを書いているところだよ』

なんて、元気そうに言っていたっけ。

エレベーターで五階へあがる。差し入れは彼の好きなメロンパン。初めて行った喫茶店で、彼はメロンパンについて熱く語っていた。

『ウリ系が苦手だからメロンも食べられないんだ。でも、メロンパンは違うんだ。あんなに美味《おい》しいパンはないよ』

あれからもう三年が経つなんて早いものだ。つき合うまで一年かかったのも懐かしい思い出になっている。

社会人になり、毎日はあっという間に過ぎていく。目の前のやるべきことが多すぎて、処理できないまま流されているような感覚がずっとある。

そんな日々のなかでも、龍介がいるからなんとかがんばれているのだろう。

この間は怒っちゃって悪かったな……。廊下を歩きながらそう思った。龍介だって骨折にショックを受けているはずなのに、一方的に責めてしまったという後味がにがい。

怪我を知らなかったことだけが原因じゃなく、プロポーズのあと進展しないこと、最近会っていないことが根底にあるのも分かっている。

ちゃんと龍介を信用しなくちゃ。メロンパンでも食べながら今日は楽しく話をしよう。

決意を胸にドアをノックするが、返事がない。

静かにドアを開けると、そこに龍介はいなかった。ベッドはシーツとマットが外され、枠組みがあらわになっている。彼の私物もなく、どう見ても空室になっている。

廊下に戻り名札を確認すると、ぽっかり空いた白いスペースがあるだけだった。

そこからはよく覚えていない。

ナースステーションで安間さんを探すが、今日は退勤したと言われた。龍介について尋ねると、看護師は申し訳なさそうに言った。

「個人情報でお教えできないんです」

他人には教えられない、そう言われている気がした。

未来へ

今回はケガのこと教えなくてごめんね。
まさか登山前に転ぶなんて情けないよ。
明日リハビリのため転院することになったよ。
落ち着いたらまたはがきを書きます。
なんにしても、早く旅に出たい。
旅に出れば俺は俺らしくいられるって思うんだ。
未来が未来らしくいられるのはどういう時？
今度会ったら教えてください。

病院のベッドの中で　龍介

第二章　婚前迷路

浅原《あさはら》家の葬儀は滞りなく終わった。

百歳を迎えた日に亡くなった浅原ナミさんのことは、昔からよく知っている。小さい頃からおばあちゃんで、大人になってからも変わらずおばあちゃんだった。玄関先に椅子を置き、日向《ひなた》ぼっこをしている姿は風景に溶け込んでいるようで好きだった。ちゃんと話をしたことはないけれど、前を通るたびに挨拶《あいさつ》を交わした。

百歳の大往生だったので葬儀に涙は少なく、終始穏やかに式は進んだ。普段の葬儀は美和さんを中心に派遣スタッフで運営しているが、今日は人員不足があり私も手伝うことになった。父の姿は、ない。

片づけをしていると、

「未来ちゃん」

と和尚さんが声をかけてきた。

「本日はありがとうございました」

子供の頃から寺で修行をしていた和尚さんのことを、昔は『たっちゃん』と呼んでいた。子供好きでやさしいたっちゃんを兄のように慕って過ごした。吉大寺を受け継いでくれたことで呼び名は『和尚さん』に変わったけれど、人の好《よ》さがにじみ出るような見た目は未だ変わらない。

年齢は私より十歳上。笑うと顔中にシワができるから、もっと年上にも見られることが多い。

「藤原さんは今日はどこへ行ってるの？」

正装用の法衣を脱ぎながら和尚さんが尋ねた。額に汗が浮かんでいるのを見ると、冷房が弱かったのかもしれない。

「父は釣りに出かけたみたいです。ゆうべも、『これは営業の一環』とか言っちゃって、ろくに手伝いもせずにルアーを選んでいました」

「和尚さんらしいねえ」

「あ、またその呼びかた。もう和尚さんじゃないですから」

今は自分が和尚なのに、と何度目かの進言をする。

「あれ。藤原さん、って言ったつもりだった。やっぱり、僕にとって和尚さんは和尚さんなんだろうね」

　ふにゃっと笑う和尚さんに、ため息で答えた。

「もう少し運営に関わってくれるといいんですけどね」

「それは期待できないよ。吉大寺にいた時も理由をつけては外に行きたがってたから。家でじっとできない性分なんだろうね」

「ですね。もう諦めています」

　おどける私の顔をまじまじと見てから、和尚さんは首をかしげた。

「前みたいにたっちゃんって呼んでくれてもいいんだよ。敬語もらしくない」

　これまでにも何度か言われていることだ。

「今はもう立場も違いますから」

「なんだか寂しいなあ。僕にとって未来ちゃんは未来ちゃんなんだけどな」

　もうすぐ梅雨も終わりを迎える。今日は朝から厚い雲が上空を支配している。今日はこれから新しいチラシを持って営業に行く予定だ。湿気のせいでチラシはすぐに丸まってしまう。

「和尚様」

　家から小走りに美和さんが駆けて来た。小柄でスリムな美和さんの印象は昔から変わらない。自前で用意したという事務職員用の制服、髪を黒いゴムでひとつに縛り、黒縁メガネをかけてまるで秘書みたいに思える。年齢は四十五歳。

「莉緒《りお》ちゃん……小楠《おぐす》様のお母様がみえているのですが、和尚様にも相談をしたいとおっしゃっています。どういたしましょうか？」

莉緒という名前に和尚さんが表情を引き締めた。小楠秀美《ひでみ》さんのひとり娘である莉緒ちゃんは生まれながらに難病を患っている。余命がわずかだという相談はこれまでも受けてきた。年齢はまだ三歳だ。

和尚さんに相談するということは……。

「分かりました」

一礼すると和尚さんは美和さんとともに家に入って行った。会館に戻り、残りの片づけをする。

葬儀は本人にとっても家族にとっても新しい今日のはじまりの日。悲しみを受け止め、浄化し、前に歩いていくために必要なこと。

でも、小楠さんのように子供の葬儀となるとまた違ってくる。参列する度に毎回感情が揺さぶられてしまう私はまだプロとはいえないのだろう。

会館の電気を消し、カギをしめた。

スマホを開くけれど龍介からの返事はない。あれから何度も、龍介には電話やＬＩＮＥはしている。電話には出てくれず、折り返しもない。

ＬＩＮＥには『通話は禁止でさ』『ひとりでも大丈夫』『すぐに退院だから』という短い返事ばかりが返ってきている。

怒って悪かったという気持ちは消え失せ、一時は再沸騰した。今ではあきらめの境地に達したところ。

バッグからはがきを取り出すと、彼の癖のある文字が並んでいる。怪我を嘆きながらも、次の旅を楽しみにしているかのような文章。転院先すら書いていない。

「なによ、これ……」

文句を言うなら読まなきゃいいのに、つい眺めてしまう。

龍介が自分らしくいられる場所に、自分はいない。そんな悪い考えばかりが頭に浮かぶこのごろ。

ため息はもう、簡単にこぼれるようになった。

夏が近い。雨が降るごとに気温はあがり、初夏というより真夏に近づいている。

菊川大学病院の駐車場に車を停めて外に出ると、むせるような暑さが体を包んだ。

龍介は夏が好き。出会った当初からよく口にしているので、夏を感じるたびにすぐに顔が浮かんでしまう。

『夏って、自由な感じがするんだ。入道雲の大きさとか、夏の星座の美しさとか、海のきらめきとかをとても感じるんだ』

まるで少年みたいな人だと思った。世界の美しさを全身で感じているのに、海水浴やキャンプは『危ない』という理由で連れて行ってはくれない。矛盾《むじゅん》していることに気づかないくらい、彼は夏を語りたがる。

一度、車で長野県にある阿智村《あちむら》へ行ったことがある。星が綺麗《きれい》に見えることで知られている地域で、温泉宿に宿泊した。満天の星ツアーなるものがあったが、ロープウェーで山頂へ行くとのことで却下された。

申し訳ないと思ったのだろう、夕飯のあと車で町から離れた山を登ってくれた。車のライトを消すと、ウソみたいに満天の星が上空に広がっていた。月の光さえ脇役になるほど、視界一杯に広がる空は今でも覚えている。

ふたりで山頂に寝転び、蚊と戦いながらいつまでも星空観察をした。

『ヘンなことにこだわってるのは、自分でも分かってる。ほんと、ごめん』

『大丈夫。こんな綺麗な星空が見られたし』

『ずっと未来のそばにいたいから、俺も努力する。いつか、行きたいところに一緒に行こう。世界のどこへでも連れて行くよ』

暗闇のせいで表情はあまり見えなかったけれど、決意と悲しみが存在しているように思えた。

それから数週間後、私はドライブ中にプロポーズされた。結局、彼の努力は結果が出ないまま、遠出の思い出は積み重ねられていない。

車のロックをかけてから、おまじないをする。背中を二回叩けば、少し前向きになれるから不思議だ。

顔見知りの看護師さんが車椅子の男性と散歩をしている。

「こんにちは」

笑顔で挨拶を交わし自動ドアをくぐる。クーラーの冷気が体を包み込んだ瞬間、違和感を覚えた。前回訪れてから一週間しか経っていないのに、間違い探しのようになにかが違っている。

どう違うのか分からないまま受付へ向かうと、三浦さんが私を見つけて立ちあがった。隣の席のスタッフに声をかけるとカウンターから出てくる。

「ちょっと大変よ」

そう言いながらも顔がほころんでいる。良いニュースなのだろうか？

押されるように柱の陰に連れて行かれる。

「静岡葬祭の営業の人、いるじゃない。ほら、ひょろっとして疲れた顔の――」

「江西さんですか？」

「そう！」

大きな声を出してから、三浦さんはハッと口に手を当てて続ける。

「その江西さん、退職されたんですって」

「え？　まさか……」

今度は私が驚く番だ。

「本当なのよ。急に異動になったみたいでね。ほら、静岡葬祭って静岡って名前がついてるけど東京とかにもあるじゃない？」

「そうなんですか？」

「そうなのよ。で、長野県にも進出することになって、江西さんが統括部長に抜擢されたんですって。話自体は前から言われてたんだけど、お子さんが生まれたばかりでしょう？悩んだ挙句《あげく》、退職することにしたんですって。で、今は有休を消化中」

すらすらと説明する三浦さん。眉をひそめてしまっていたのだろう、三浦さんが辺りをキョロキョロ見回した。

「本人が挨拶に来て教えてくれたのよ。もう次の営業担当が赴任してるの。すっごくやり手っぽい男性よ。まあイケメンだけどね」

そんなことより江西さんが心配だ。そう言えば、最後に会ったときそれらしいことを口にしていなかったっけ……？

もっと聞いておけばよかったと今さら後悔しても遅い。

ううん。元々違う会社の人、それもライバルにあたる関係だから後悔することはないんだろうけれど、胸がモヤモヤしてしまう。

「気づいた？」

三浦さんが玄関のほうを見ながら尋ねた。

「え？」

「玄関のマット、新しくなったでしょう？　前はただのレンタルマットだったけど、病院の名前が入ってる」

「ああ……」

さっき感じた違和感はそれだったのかも。たしかに、マットが新しくなっていたっけ。

病院名が入っていたかどうかについては覚えていない。

「新しい担当……えっと」

ゴソゴソとポケットを探る三浦さんが「あった」としわくちゃになった名刺を取り出した。【静岡葬祭　静岡西部エリア統括　猪狩涼《いがりりょう》】と書かれてある。

「そうそう、猪狩さんだったわ。ほんと、最近新しいことが覚えられなくなって困っちゃうのよ」

おほほと笑ってから本題を思い出したのだろう、三浦さんが「あ」と口を大きく開いた。

「その猪狩さんが言うには、マットをレンタル業者に特注で作ってもらったんですって。あと、花もたくさんプレゼントしてくれたの」

「ああ、それで……」

違和感の正体がようやく分かった。いたるところに、花瓶に挿したアジサイがある。

「キレイですね。こんなにたくさんの花、すごい経費じゃないですか？」

「もちろん寄付って形なんだけど、物で吊ろうって作戦は好きじゃないわ。あのアジサイだって、葬式の余り物じゃないかって噂してたところなのよ」

声を潜める三浦さんが、ハッとしたように息を呑《の》んだかと思うと、なにも言わずに駆けて行ってしまった。見ると、長谷川院長が紺色のスーツに身を包んだ男性と談笑しながら廊下をやってくる。

「ああ、未来ちゃん」

私を古くから知る人は、みんなこの呼びかただ。

「長谷川院長、お邪魔しています」

「いやいや、先日は急用で悪かったね」

シワを深くして笑う長谷川院長が隣に立つ男性を片手で示した。

「静岡葬祭さんの新しい担当をされることになった猪狩さん」

「はじめまして。藤原葬祭の藤原未来です」

バッグから急いで名刺入れを取り出そうとするが、奥深くにあるらしくなかなか発掘できない。その間に「じゃあ」と長谷川院長は行ってしまった。

「猪狩涼です。前任者より話は伺っております。新参者ですがよろしくお願いいたします」

ロボットみたいな人だと思った。長身できっちりと分けられた髪はワックスのせいで艶やかに光っている。機械的なお辞儀のあと、にこやかな笑みを作っている。文字通り、作っているという感じ。見た目のせいで年齢は分かりにくいが、おそらく私とそんなに離れていなさそう。

「それでは今後ともよろしくお願いいたします」

と歩きかけた猪狩さんに「あの」と声をかけていた。ふり向く猪狩さんはまだ笑顔のまだった。

「江西さんは……退職されたのですか?」

一秒、いや二秒くらいの間を取ってから猪狩さんはうなずいた。

「はい。突然の交代となりご迷惑をおかけします」

「いえ……。あの、江西さんは次の職場は決まっているのですか?」

「なぜですか?」

尋ねる猪狩さんの顔からは、もう笑みは消えていた。

「お子さんが生まれたばかりだと聞いていたので……」

しどろもどろになりながらうつむく。そうだよね、こんな質問おかしいのは自分でも分かっている。ただ、あれほど子供が生まれたことをよろこんでいた江西さんのことが心配でたまらない。

「大丈夫ですよ」

やわらかい声に顔をあげる。

「江西はもう次の職場が決まっているそうです。有休消化後はそちらで再出発するそうです」

「よかった……。ありがとうございます」

「藤原さんはやさしいかたなんですね。安心しました」

言葉の内容とは反比例して温度がないように感じた。猪狩さんは納得したようにうなずくと、まっすぐに私を見据えた。

「幣社でも家族葬に特化したプランを多数用意しました。この地区だけは家族葬の売上が低迷していますが、今後は違ってくるでしょう」

大きな手で猪狩さんは玄関を指さした。

「マットや花を贈ったことはご存知ですね。いわば、先行投資です。ほかにも策は練っていますし、院長や看護師の受けもこの数日で良くなっています。ただ、心配なのはあなたでした」

「私、ですか？」

急な話題転換にきょとんとしてしまう。猪狩さんは口の端をあげた。初めて見る本当の笑みに思えた。

「この地区の売上があがらない原因は、藤原葬祭の存在でした。どんなすごい営業担当がいるのかと思っていたんですよ。でも、大丈夫そうですね」

「それって……」

「あなたで安心しました。では、失礼いたします」

踵を返し歩いていくうしろ姿をぽかんと、見送る。

私……バカにされたわけじゃないよね？


「どう聞いてもバカにされてるね」

絵理奈はあっさりと、この数日あった疑惑に有罪判決を下した。

いつもの日曜日、喫茶店で向かい合う私たち。楓は少し遅れるらしくまだ姿を現さない。

「やっぱりそういうこと？」

身を乗り出す私に絵理奈はアイスティーを飲みながら片方の指先を私に向けた。

「このあたりの家族葬っていえば、未来んとこが有名なわけでしょ。そりゃあ新しい営業マンも構えるよ。どんなすごい営業担当なのかと会ってみたら、想像の何倍も弱かったってわけ」

「ひょっとしてだけど、絵理奈もバカにしてない？」

「被害妄想。ライバル会社の退職した人の心配をするなんて、未来らしくていいと思うけどね」

目の前のレモンソーダの泡が音もなく弾《はじ》けている。店内は混んでいて、アルバイト君が目まぐるしく動き回っている。

「相手は相当のやり手だと思うよ。病院のマットや花を寄付するなんて、経費もかかるでしょうに。そこまでしてでも欲しいシェアなんだろうね」

「絵理奈のところにもそういうのってあるの？」

「うちは産婦人科でも高級志向でやってるから。ぼったくってるわけじゃなくて、思い出に残る出産をしてもらいたいの。営業しなくても選ばれるし、ライバルって言ってもこの辺りで高級さで売ってるところは少ないからね」

絵理奈の勤める産婦人科は、雑誌やテレビに出るほど有名だ。若いイケメン院長は『ゴッドハンド』という異名まであるらしい。

広い個室にはクイーンサイズのベッドがあり、マッサージやヨガ教室まであるそうだ。食事も元ホテル料理長が専属でいるとか。その分、値段もかなり高いと聞く。

「いいなあ。うちも営業に行かなくても選ばれるようになりたい」

「檀家さんがいるからいいじゃない。今の和尚さんも紹介してくれるんでしょ？」

「そうだけどさ……」

低価格を打ち出しているから利益はあまりないのが現状だ。

ため息をつく私に、「ねえ」と絵理奈が顔を近づけた。

「あのあと、龍介さんとは会ったの？」

「会ってない」

龍介が入院していたこと、勝手に転院していたことはふたりに話してある。昨日、新たにはがきが届いていたが、内容は期待したものではなかった。

「ほんっと、自由な人だね。未来はそれでいいの？」

「私にはなにもできないし。なんか、仕事も忙しいんだって」

「そう……」なぜか神妙な顔になる絵理奈。こういうときは隠しごとがあるサインだと長年の経験で知っている。

じっと見つめると、絵理奈はさりげなさを装いつつ目を逸《そ》らした。

「龍介のことでなにか知ってるの？」

目を見開いた絵理奈がアワアワとせわしなく視線をさまよわせた。普段はポーカーフェイスでクール、けれどウソが大の苦手。

自分でも分かっているのだろう、アイスティーを意味もなくストローで混ぜるのを止め、観念したように口を開いた。

「龍介さんって……妹がいたりする？」

それだけでどんな内容なのか見当がついた。

「いない、よ」

答えながら心に言い聞かせる。これからつらいことを言われるのかもしれない。そう、とうなずいてから絵理奈は私を見た。

「土曜日の午後は診察がないからお産がない限りは半休になるの。で、帰りに図書館に寄るわけ」

「昔からそうだもんね」

絵理奈の変わっているところは、図書館でめぼしい本を見つけると帰りに本屋へ行き購入するということ。置いてない場合は取り寄せたり、ネット書店で購入したりするらしい。そんなめんどくさいことをせずに図書館で借りればいいと思うけれど、書籍は彼女のコレクション。いつ読むのか自分でも分からないらしく、積んでいる本の数は相当らしい。

「昨日も図書館に寄ったら、龍介さんがいたんだよ」

しばらく黙ったあと、絵理奈は決心したように私を見た。

「女性と一緒だった。『満里奈《まりな》』って、相手の人を下の名前で呼んでた。自分と似てる名前だから覚えちゃって」

図書館と龍介はあまりにも接点がなさすぎる。彼が雑誌以外の本を読んでいるのは見たことがないし、必要な専門書などは電子書籍で手に入れていると聞く。絵理奈は私を確認するように見てから続けた。

「見間違いかもしれないよ。そんなに何度も会ったわけじゃないから」

「女性ってどんな人だった?」

「よく見えなかったんだよ。でも、まぁ……キレイな人。メイクは濃いめだったかな。楓よりも髪が長くてスタイルもよかった。ギンガムシャツの中に赤いタンクトップで、黒のワイドパンツを穿《は》いてた」

見えていないと言った割にしっかり観察している。

「何度も言うけど人違いかもしれないからね。次回見つけたら捕まえて問い詰めておくから」

絵理奈ならやりかねない。答えに窮していると、察したのだろう、絵理奈がトイレに立った。レモンソーダを飲むと、シロップが喉に痛い。

龍介が女性と一緒だったなんて、なにかの間違いだろう。

つき合って二年、浮気をするタイプじゃないことは理解しているつもりだ。偶然友達に会ったとか、親戚につき合わされたとか……。

バッグから手帳を取り出す。昨日届いたはがきを読み直した。

未来へ

昨日退院しました。

身に染みてわかるのは健康の大切さ。

入院のせいで仕事が溜《た》まっていてしばらく会えそうにないんだ。

謝ることしかできない俺を、許してほしい。

今はまだギプスのせいで動きにくいよ。

たまに痛みに悶絶《もんぜつ》したりもする。

生きてることだけでありがたいんだよね。

ずるいな、と思う。

メールやLINEじゃ伝わらないから、電話やはがきを選んでいるはず。でも、全然伝わらないよ。むしろ、疑心暗鬼になる自分が嫌でたまらない。私には会えなくても、ほかの誰かには会えるんだね。

さっき間違いだと信じたはずなのに、もう疑ってしまっている。

「お待たせ」

楓の声に、さりげなくはがきを手帳に戻した。鮮やかなイエローのワンピース姿の楓の手にはバッグとブランドの紙袋があった。

「遅いよ。って、また買い物してきたの？」

わざと明るく言ってみた。

「いいじゃない。ストレス解消。でも、遅れたのはこのせいじゃなくってね。あ、すみませーん、アイスコーヒーください」

アルバイト君にオーダーを済ませると、楓は運ばれてきたグラスに入った水を一気に半分近く飲んだ。

「すごくいいことがあったの！」

「いいこと？」

「あ、絵理奈。遅れてごめんね」

トイレから戻って来た絵理奈に声をかけると、赤いリップの唇で笑った。

「聞いて。なんと、初めて企画が通ったの！」

「え、それって前に言ってたコンテストのこと？」

楓の隣に座る絵理奈が目を丸くした。

「そう、そのイベント企画コンテストのこと。あたしの出した企画は優勝まではいかなかったんだけど、やってみる価値はあるって再度推薦してくれた人がいたんだって。推薦者はなんと、あの岩男《いわおとこ》」

「岩男って、楓の天敵上司じゃなかった？　えっと名前は……」

「岩本《いわもと》さんでしょ」と絵理奈が教えてくれた。

「そうなの」と、絵理奈は複雑そうに顔をしかめた。

「いつも嫌味しか言わないくせに珍しいよね。で、急遽採用されたって連絡があったんだよ。それでこれを買いに行ってたから遅れちゃったの」

両手でバンザイをする楓。右手にはブランド店の紙袋を忘れない。

ということは、結局買い物で遅れたってことだ。上機嫌の楓に野暮《やぼ》なことは言うまい。

「どんな企画が通ったの？」

尋ねると、楓は自慢げにあごをあげた。

「結婚前提の婚活パーティ。その名も『優愛殿《ゆうあいでん》主催婚活パーティ・結婚式場で出逢うふたり』。どう、いいでしょ？」

「うん、すごくいいね」

素直にそう言えた。結婚に興味のない絵理奈までうなずいている。

「このイベントで知り合って結婚したふたりには特別プランをご用意。出逢いをプロデュースして式も挙げてもらえれば一石二鳥じゃない？」

なるほど、と感心してしまう。楓みたいに私もなにか企画しなくちゃ。そうだよ、猪狩さんに言われたことで落ち込んでいるヒマなんてない。

楓がスマホを操りスケジュール帳を見せてきた。

「てことで、七月十七日の日曜日、夕方からは空けておいてよね」

「七月十七日？　再来週じゃない。そんなに早くにイベントを開催するわけ？」

冗談だろうと思うが、楓は首を縦に振る。

「マジなの。再来週に予定されていた講演会がキャンセルになっちゃって、急遽なにかやらなくちゃいけなくなったの。あたしのイベントが採用されたのもそういう理由でだと思うよ」

「で、でもその日に葬儀が――」

「やっとあたしの企画がとおったんだよ。もし人が集まらなかったら失敗と見なされちゃう。つまり、これはチャンスでもありピンチでもあるの。ふたりは参加者に入れておくから、お願い助けて」

神様に拝むように手を合わせる楓。でも私には強い味方がいる。絵理奈はこういうイベントが大嫌いだから。これまでも楓がいくら誘っても、婚活パーティに行ったことはない。そうだよね？

が、絵理奈は肩をすくめて言う。

「わかった」

「ええっ⁉　絵理奈、行くの？」

「しょうがないじゃない。楓の企画が通ったんだから嫌だけど協力するよ」

「きゃー」と歓声をあげて楓が絵理奈を抱きしめた。

「さすがは親友！　ありがとね」

「暑いって」

二人の視線が私を捉えた。

「えっと……。私は……龍介に確認してからでいい？」

絵理奈が「しなくていいでしょ」と言った。

「何週間も彼女をほったらかしてる男に許可取る必要なし。そもそも、さっきの満里奈って人の話、ウソじゃないからね」

「う……」

しゅんとする私の前で、興味津々の楓に絵理奈は『龍介の浮気疑惑』について説明し出した。

逃げるように窓の外を見ると、今日も太陽が夏を主張するように光っていた。

ふたりと喫茶店の前で別れ、停めてあった原付に向かう。シート部分が午後の日差しで触れないほど熱くなっていた。

キーを探そうとバッグを覗《のぞ》くと、スマホがチカチカ点滅している。檀家さんのひとりから不在着信があったらしく、折り返しすると葬儀について聞きたいことがある、とのこと。後日の話かと思ったら、ちょうど親戚が集まってるから今から来てほしいと懇願された。

そのまま檀家さんの家に向かい、持ち歩いているパンフレットを手に説明をした。やっと家にたどり着いた頃には午後六時半を過ぎていた。

玄関のドアを開けると同時にため息がこぼれた。

陽菜乃のスニーカーと朔の小さな靴が目に入ったからだ。とっくに帰る時間なのにまだいるってことは、夕飯まで食べていくつもりか、先週と同様にもう一泊するつもりか。

二階にあがり着替えを済ませてから一階に下りてリビングに顔を出すと、「おかえり」と言ってくれるのは母だけ。父は姿が見えないし、陽菜乃と朔はリビングにあるソファを占領している。

「もうすぐご飯できるから。未来、手伝ってちょうだい」

「わかった」

皿を並べたり副菜を盛りつけている間も、陽菜乃はテレビアニメを見て笑い転げている。朔は眠いらしく持参した絵本を閉じたり開いたり。

夕飯がテーブルに並ぶ頃になり、やっと父が帰って来た。

「いやあ、今日は全然釣れなかったわ」

自分でしまえばいいのに、クーラーボックスをなんで私に渡してくるの？　文句を言おうにもさっさと着替えに行ってしまう。

庭に出て水洗いをしていると、「未来」と母の声がした。

「なに？」

「あ、そこにいたのね。それ終わったらこっちね」

クーラーボックスの蓋《ふた》を開けたままで乾かすことにし、キッチンへと戻る。

「朔くんのオムレツ、冷蔵庫に入ってるからチンして」

「うん」

陽菜乃はちゃっかりテーブルについている。

「あ、お姉ちゃん。あたしのお茶出てない。冷たいやつっていつも言ってるじゃん」

あとになって思えば、このあたりから怒りが沸々《ふつふつ》と生まれていたのかもしれない。

オムレツを出すついでに麦茶を出した。オムレツを温めようとレンジを開ければラップをしたボウルが入っている。

「お母さん、これなに？」

くたっとしている緑色の野菜は、ほうれん草だろうか？

「いけない。それ胡麻和《ごまあ》えにしてくれる？　すっかり忘れてたわ」

「未来」と着替えを終えた父もテーブルにつく。

「今月、葬儀が少ないから営業強化しといて。掛川《かけがわ》市や島田《しまだ》市の病院って最近は行ってないんだろ？　少しは足を延ばさなきゃな。あ、母さんビール」

「お姉ちゃん、お茶まだ？」

「未来、ビールをお父さんに出してあげて」

お盆にグラスに入ったお茶、ビール缶、凍らせてあったグラスを載せテーブルへ運ぶ。

その間に母も席についていた。

「なんで麦茶？　冷たいお茶がよかったんだけど」

陽菜乃の文句を背に、ほうれん草をひと口大に切り、めんつゆと胡麻で和える。

見ると、もうみんな食べ始めている。

……なに、これ？

ムッとする気持ちを抑え、人数分の小鉢にほうれん草の胡麻和えを分けて入れる。

やっと席につき食べはじめようとすると、隣の席で陽菜乃が「ああ！」と甲高い声をあげた。朔が手にしたほうれん草の胡麻和えを奪い取っている。

「胡麻が入ってるじゃない」

そりゃあ、ほうれん草の胡麻和えだし。聞いてないフリをするが、陽菜乃は声のボリュームをあげて続ける。

「朔は胡麻アレルギーって前から言ってるじゃん。なのになんで出すわけ⁉」

昔から陽菜乃を見ていると舞台女優を思い浮かべてしまう。リアクションがオーバーすぎるのだ。聖杯のように高々と器を持ちあげる陽菜乃に、朔の泣き声がBGMのように流れ出した。

……うんざりする。

「かわいそうに。ほら、ほかの作ってよ。朔、ウインナー焼いてもらおっか」

「そう言えば」と急に父が呑気《のんき》に言った。

「菊川大学病院、院長が交代するらしいぞ。長谷川さん、引退することにしたってさ」

「え、なにそれ。それっていつのこと？」

「さあ。たぶんもうすぐ交代じゃなかったっけか。先週言われたのに忘れてたわ」

ガハハと笑ってビールを飲む父にぷつんとなにかが切れる音が聞こえた気がした。

私の顔色に気づいたのか、母がなにか言おうとするのを右手を広げて止めた。

「あの、さ――」

体ごと陽菜乃に向ける。

「胡麻アレルギーじゃない、って医者に言われたんだよね？　前に腕が腫《は》れたのは虫刺されが原因だった、って」

限界点を突破した怒りは、一気に喉元まで込みあがり言葉に変換されていく。

「はあ？　胡麻の可能性も捨てられないって言ったよね？」

言ってないし。虫刺されの薬がよく効いた、って母に報告していたのは覚えている。アレルギーの抗体検査もしなかったとも。

陽菜乃はメイクもしていない顔で私をにらむと、これみよがしに朔を抱きしめた。泣き声のボリュームが大きくなる。

「お姉ちゃんは子供がいないから分からないと思うけどさ、少しのリスクでも親にとっては大変なことなんだからね」

「じゃあいつも食べてるビスケットはいいわけ？　パッケージの原材料名の五つ目に『ごま』って書いてあるけど」

「火を通してあればいいの。そんなことも分かんないわけ？」

ああ言えばこう言う。

「じゃあ言わせてもらうけど、これも炒《い》り胡麻だから火は通ってるの。そもそも胡麻アレルギーだったとしたら胡麻そのものがNG。火が通ってるかどうかは関係ないんだよ。そんなことも分かんないわけ？」

陽菜乃は黙って胡麻和えをにらみつけた。

「だいたい、なんで毎週のように家に帰ってくるわけ？　ろくに手伝いもしないで言いたいことだけ言って。私は召使いじゃない。文句があるなら、自分の子供のご飯くらい自分で作ればいいじゃない。いい加減にしてくれる？」

普段は言い返さない私の反撃に、陽菜乃は驚いた顔をしている。

「まあまあ、せっかく家族が揃ったんだし——」

薄ら笑いを浮かべる父にターゲットを移す。

「お父さんだって同じ。今日が何曜日か分かってる？　日曜日だよ、日曜日。なのに、私、檀家さんに呼ばれて説明をして契約まで取ってきた。なのに、営業を強化しろだなんてよく言えるよ。釣りも営業のうちだ、ってなによそれ。長谷川院長が交代することを言い忘れてたなんてありえない。うちの存続に関わる大切なことって分からないの？」

一気にまくしたてる私に母が「未来」とたしなめるような口調で言う。もう止まらない。目線を向けると攻撃対象が移ることを察したのか、肩をすぼめる母。

「お母さんだって同じ。家族経営ってみんなで協力してやるもんじゃないの？　みんな言いたい放題のくせにやるべきことは私に押しつけて。こうなったのは、お母さんにも問題があるんじゃないの？」

ぽかんと見ているみんなを尻目に席を立つ。

「みんな自分勝手すぎるよ」

怒りがおさまらないまま二階へ駆けあがった。久しぶりに怒りを爆発させたせいで、部屋に戻ってもウロウロと動き回ってしまう。

机の上に、龍介から送られてきたはがきの束が置いてある。バッグから先日届いたはがきを取り出すと、その上に重ねる。

一階から揉める声が響いた。陽菜乃が怒って帰る様子。

「もう来ないから！」

捨て台詞とともに玄関のドアが乱暴に閉じられる音がした。

誰に聞かれるわけもないのに、そっとため息をこぼす。

なにもかもがうまくいかない。問題の根底にあるのは龍介のこと。

——わかってる。

みんなも自分勝手だけど、いちばん自分勝手なのは私だ。龍介のことでうまくいかないからって八つ当たりしてしまった。

彼が知らない女性と一緒にいたという話が、こんなにも私を動揺させている。

「信じたくないな……」

龍介は昔気質《かたぎ》の人。浮気について話題にあがった時、彼は言っていた。

『俺は浮気できる男じゃないよ。器用じゃないからすぐにバレると思う。万が一、好きな人ができたと仮定しても、ちゃんと未来と別れてから行動すると思う』

その時もさっきと同じくらいまくし立ててしまった。

『好きな人ができる可能性があるってことでしょ。別れてから行動するなんてよく言えるね』

彼はぽかんとしてから、やっと意味が分かったように目を細めた。

『好きな人なんてできないよ。俺の人生には未来しかいないから』

ただの言い訳にしか聞こえなかったし、その日の気分は最悪だったのは覚えている。でも、不器用な彼の言わんとしていることは時間とともにすとんと胸に落ちていた。

ベッドに腰をおろしてから深呼吸をする。

今ごろ龍介はどこでなにをしているのだろうか。これまでもお互いにマメに連絡を取り合うことはなかった。私たちはお互いに忙しく、それでも充実した関係を築けていた。そう、思っていた。

気持ちが崩れていくように思えるのは、私だけの錯覚。彼の態度はこれまでとなにも変わらないのに、ひとりで焦っている。

そう、私たちは大丈夫なのだから。

自分の背中を右手でポンポンと叩いてみる。

大丈夫、の魔法がやけに弱く感じた。


営業まわり中に休憩する場所はたいてい同じ。喫茶店、ファミレス、ファストフード店、どれも長居できるところだ。

特に県道沿いにあるファミレスは私のお気に入りだ。ランチタイムを除けば空《す》いているし、かかっているＢＧＭがうるさくない。ドリンクバーという最強設備はこの暑い時期には特に重宝する。店内には営業職とおぼしき人が、資料を広げたりノートパソコンに向かっている。

先週私が家でキレた件については、しばらく家族間に無言をもたらしていたが、数日前くらいからは普通に会話するようになった。

各々の態度はあまり変わらず、父はあいかわらず釣り三昧だし、陽菜乃は平日でも朔を連れてくるようになった。

少し反省していたので、ホッとしている私だ。

よいこともあった。母の提言により、営業車を毎回使えるようになったことだ。父には私の原付バイクを譲り渡した。

龍介とは何度か電話で話をした。

『まだ忙しくてね』『木曜日なら会えるかも』『未来に会いたいよ』

話すたびに不安という穴が埋まっていくよう。今夜、久しぶりに龍介に会えることが決まってからはうれしくて仕方がない。

日常に起こるアクシデントは、時間が解決してくれる。いや、解決はしなくても痛みを薄めてくれるのは間違いないだろう。そう、きっと勘違いなんだ。会えなかったことも、忙しいことも、絵理奈が見たという女性のことも。

「でもな……」

こうやって何度も反芻《はんすう》すること自体、信じていない証拠のようにも感じてしまう。

ドリンクバーで二杯目のアイスコーヒーを注ぎながらため息をつく。ぼんやりしてしまい、アイスコーヒーがあふれそうになっていた。

慎重に席に運んでいると、誰かの視線を感じた。

ちょうど入店した客だろう。スタッフが「おひとり様ですか？」と尋ねる声を背に自分の席につく。

「いえ、知り合いがいましたので一緒に座ります」

この声、聞き覚えがある。

顔をあげると、先日一度だけ会った静岡葬祭の猪狩さんと視線が合った。今日もしっかりと分けた髪が艶やかに光っている。やはり、私よりも少し年上くらいに見える。ぽかんとしている間に猪狩さんは私の前に座ってしまった。

「ご一緒しましょう」

「え……？」

思わず営業スマイルが出そうになった。いや、笑っている場合じゃない。

「すみません。ちょっと資料をまとめたいんです」

「お気遣いなく。私も仕事をしていますので」

「そうじゃなくて……あの、一緒に座るのはおかしくないですか？」

「そうでしょうか？」

素知らぬ顔でノートパソコンをテーブルに置くと、猪狩さんはスタッフにサンドウィッチを頼んでからドリンクバーへと向かった。

困ったな……。学生時代から、苦手な人とは距離を置いて過ごしてきた。近づけば嫌な思いをするだけだ、と。

宣言通り、戻って来た猪狩さんは私の存在なんて気づいていない素振りで資料の束を眺めている。サンドウィッチが運ばれてきても、片手で食べながら視点は資料に置いたまま。

せっかくの休憩時間が台無しだ。

私のほうもノートパソコンを打つ指がいつも以上に速くなっている。少しでも仕事ができると思われたいなんて、これもプライド？　猪狩さんには下に見られているし、実際に言われもした。なのに張り合う自分がバカみたいに思えた。

ノートパソコンの電源を切り、カバーケースに戻す。しょうがない、少し早いけれど家に戻り夜に備えよう。

「困らせてしまいましたか」

資料に目をやったまま猪狩さんはそう言った。

「いえ……」

「前回、私が言ったことに傷ついたとか？」

あくまで冷静に尋ねてくる猪狩さんに、不思議と怒りは生まれなかった。この人も不器用な人で、ひょっとしたらあの日言ったことを訂正したくて一緒のテーブルについたのかも。そんな予想を胸に、首を横に振る。

「そんなことはありません」

資料を丁寧にテーブルの上に揃えてから、やっと猪狩さんは私に視線を向ける。鋭い切れ長の目が印象的だった。

「静岡葬祭は今回のプラン変更に懸《か》けています。家族葬は、低単価ということもあり、これまで力を入れてこなかったんです」

そんな説明をされてもなんと答えていいのかわからない。曖昧にうなずいておく。

「ほかにも離れた地に住む親族でも参加できるように、オンライン葬儀を始めたり、提携していた花屋を子会社化したりと、改革を進めているところです」

ウーロン茶で喉を湿らせたあと、猪狩さんはビジネスバッグからパンフレットを取り出した。それは、長年使用している藤原葬祭のパンフレットと、近隣他社の物。

「この地域の課題は家族葬でした。シェア率が極端に低いのです。調べてみると藤原葬祭さんが強かった。藤原社長が元住職で、檀家さんが流れていると長谷川院長が教えてくれましたよ」

「長谷川院長はもう……」

「ええ」と大きくうなずく猪狩さん。

「今月からは二橋《にはし》院長に変わりました」

　来週挨拶に伺うアポイントメントは取れている。秘書だという女性と電話で話をしたが、事務的な印象が耳に残った。

「前にあなたに言った言葉は、まぎれもなく本音です。檀家に頼っていられるのは今のうちだけでしょう。ここから静岡葬祭は本気でシェアを取りに行きます。私が赴任したのはそういう理由です」

　つまり、前言撤回はしないということだ。

「あの」と気弱になる声を意識して大きくする。

「私を嫌な気持ちにさせるために、ここに座ったんですか？」

　精いっぱいの嫌味にも、猪狩さんは動じない。

「個人視点で考えている時点で既《すで》に負けているようなものです」

　澄ました顔の猪狩さんの言っていることは正しい。でも、それは猪狩さんから見た世界での話だ。

「うちは、小さな葬儀会社です。営業は私だけで、葬儀の運営自体は派遣チームが執り行っています。自営の花屋もないし、利益もわずかです」

　言葉を区切り、正面の猪狩さんの様子を観察するが、じっと目を合わせたまま動かない。先に逸らしたのは私のほうだった。

「なるべく低価格で、金銭的に事情のあるケースにも対応しています。心のこもった式をしてさしあげたいだけなんです。うちなんかをライバル視しなくても、静岡葬祭さんなら大丈夫だと思います」

なんとか言い切ると同時に猪狩さんは鼻から息を吐き出す。これは、鼻で笑ったということ？

「じゃあ聞きますが、あなたにとっての心ってなんですか？」

「心……。それは、ご本人様をご家族様をはじめとする親しいかたたちが穏やかに見送れる式をすることとです」

「会社として運営するには先立つものが必要なのは分かりますよね？　心なんて目に見えない感情論を持ってくる時点で、藤原葬祭のレベルが知れますけどね」

そう言うと、猪狩さんは立ちあがった。さっきよりも大きく見えるのは気のせいだろうか。

「見ててください。家族葬のシェアはあっという間に下がることでしょう。ライバル会社はつぶすつもりでやります。今日はそのことをお伝えしたかっただけです」

さっさと歩いていく猪狩さんをぽかんと見送った。気づくと、伝票がない。レジでバーコード決済をする猪狩さんを追うことができなかったのは、彼の言っていることに少なからず同意している自分がいたから。

宣戦布告されたんじゃない、勝利宣言をされたんだ。

そう、思った。

いつもならこのままモヤモヤを抱えたまま帰宅する流れだろう。で、またひとりでモヤモヤを大きく育ててしまう……。

「それは嫌」

荷物をまとめて店を出た。駐車場で車に乗り込もうとしている猪狩さんを見つけ、全速力で駆けつけた。気づいた猪狩さんがなにか言う前に「あの」と声をかけた。

「さっきの話、参考になりました。ありがとうございます」

「…それは、嫌味ですか?」

あくまで冷静な顔を見て、首を横に振る。

「違います。そういう考え方もあるんだなって視野が広がった感じです」

「そうですか」

興味を失ったようにドアに手をかけた猪狩さんが、また私を見た。

「まだなにかありますか?」

「私からも質問をさせてください。その髪って、ワックスをつけているのですか?」

黒光りする髪を見ながら尋ねると、猪狩さんは不機嫌な顔になった。

「違います。ジェルとスプレーです。それが問題でも?」

「いつもきっちりされているな、って印象だったので気になっていたんです」

スッと姿勢を正した猪狩さんが、大きくため息をつく。

「営業の仕事は、若さが仇《あだ》になることもあります。私がこの髪型にしているのは、落ち着いた印象に見せるためです」

「でも、今どきそこまでぺったり髪を撫《な》でつけているのも珍しいし、詐欺師《さぎし》っぽく見える時もあります」

「詐欺……。君はいったい――」

「あと整髪料の香りが強すぎます。ふたつの香りが混ざって、猪狩さんが通ったあとは、嫌なにおいがするんです」

睨《にら》むように見てくる猪狩さんに笑ってみせる。

「この間、家族内でもめごとがあったんです。お互いにアドバイスをしたつもりでも、言い方ひとつでベクトルは変わってしまうんですよね。さっきの猪狩さんも、今の私も、同じだと思います」

しばらく動かないまま私を見つめていた猪狩さんが、やがてふっと体の力を抜くのが分かった。

「君は勘違いをしている。俺は別に、藤原葬祭をよくしたくて言ったわけじゃない」

「俺は、って個人視点で考えている時点で負けだと思いますけど？」

「な……」

絶句する猪狩さんに頭を下げる。

「ヘンな言い方してすみません。私、猪狩さんの言葉も、アドバイスとして受け入れることにしたんです」

「おかしな人だな」

「だから猪狩さんも髪型のこと、考えてみてください。マットタイプのワックスでふわっとさせるのもお似合いだと思います。もちろん無香料で。あと、ごちそうさまでした」

「余計なお世話だ」

ぶすっとした顔で車に乗り込む猪狩さんに、もう一度頭を下げてから自分の車へ戻った。

少しだけ気持ちが晴れた気がした。

「人生はさ――」

龍介は、人生についてつぶやくことが多い。私に聞かせるというより、自分自身に話しているような小声で、ぽつりとひそやかに。

「結局はゼロになるのかもしれない」

喫茶店のテーブルを挟んで向かい合う私たち。私の前にはパソコンとスマホがあり、彼の前には手書きの資料とシャープペンシルが置かれてある。

「人生はゼロになるってどういう意味？」

キーボードを打ちながら尋ねると、「いや」と龍介は首を横に振った。

「人間は結局最後は手ぶらで旅立つわけだし、学歴や地位や名誉、家族や子供ですらも死んでしまったらリセットされると思うんだよね」

彼の死生観はこれまでも耳にしてきた。そして、この手の話をする時は悩み事がある証拠だということも理解している。

「アプリの開発、うまくいってないの？」

「物々交換のアプリを作ったんだ。それを今、限定公開してバグを見ているんだけど評判が上々でね」

資料には『わらしべロード』の画面が印刷されている。そこでやっと気づいた。

――今、私……夢を見ているんだ。

二年前の春、龍介がアプリで大ヒットを収める直前のこと。ふたりの忙しさに拍車がかかる前夜とも言うべきタイミングだ。

夢の中は重力がないみたいにフワフワしている。キーボードを打っている指先は宙を掻《か》いているみたい。

「評判いいなんてすごいじゃん。龍介やったね」

「うん」と浮かない顔のまま龍介は「でも」と続けた。

「なにか足りない気がするんだよ。これじゃあヒットしても収入にはならない気がする」

私たちはふたりでひとり。普段はそれぞれの仕事について相談することはないからこそ、たまにある時は真剣に向き合う。

龍介から資料をもらいパラパラとめくってみる。はがきは手書きなのに、資料を見るとパソコンに長《た》けていることはひと目で分かる。

「企業広告、こんなに決まっているの?」

「仮にだけどね。最初は格安料金で設定しているから、正式にオープンしたあとの初動で撤退される可能性もあるんだ」

アプリは今じゃすごい種類がある。その中で生き抜くには相当大変なんだろうな。資料の概要を見ていて、気づいたことがある。何度もページを行き来してから私は顔をあげた。

「これって物々交換を達成するためのゲームなんだよね？　ゴール設定がやさしすぎるんじゃない？」

龍介がシャープペンシルを構えた。素人《しろうと》の意見でも耳を傾けてくれる龍介はすごいといつも思う。大抵の人は、相談する時すでに自分の結論があって、答え合わせのために話しかけてくることが多いから。

資料のシステム概要を指さした。夢の中だからか、文字すらもダンスしているみたいに動き回っている。

「物々交換を永遠にくり返してもらうより、リミットをつけたらどうかな？」

「五回までとか？」

「三回かな」

ノートにシャープペンシルを走らせる音がしている。

「三回以上は課金にするとかはどう？」

「なるほど」

「しかも一回分の料金を格安に設定するの。それなら、気軽にチャレンジできそう」

龍介は大きくうなずいた。

「それなら若い世代にも浸透しそうだね。これを実現するには、相当システムを変える必要はあるけれど、その価値はある」

子供のように夢中でメモを取る龍介を見やった。この夢は過去の夢。

今はこんなふうに会う時間さえない。

まだ夢の中にいたい。龍介を感じていたい。

願うそばから体に感覚が戻っていくようだ。

「ありがとう、未来」

にっこり笑う龍介の顔が、闇に溶けるように消えていく。

寝室の天井は青色に塗《ぬ》られている。水色や薄い青色ではなく、原色に近い青だ。

元々は寺に併設されていた一軒家で生まれ育ってきた。父が引退することになり引っ越してきたこの家には昔、幼い子供がいたらしい。私の寝室は元子供部屋で、壁紙もピンク色だったそうだ。

いくらなんでも、ということで壁紙はシンプルな白いものに替えてもらったが予算的に天井まで塗り直せなかったと父が言っていた。

龍介との待ち合わせまで間があったので、着替えに戻ったつもりがいつの間にか寝てしまった。しがみつくような眠気を振り払い目を開けると、夕刻のオレンジ色が窓から侵入していた。

「ああ……」

懐かしい夢を見た。システムの変更により、正式リリースは遅れに遅れたけれど、その分『わらしベロード』はたくさんの人に受け入れられ、今も稼働を続けている。

翳《かげ》りゆく天井をぼんやり眺める。青空に似ている、と思ったのは最初の数日だけで、それ以降は海の青色を連想してしまう。

まるで深い海に沈みながら、上を眺めているみたい。どんどん暗くなる海の色に身を任せ、深海まで落ちてゆくような気分になる。

体を起こし、のそのそと着替えをする。

久しぶりに龍介に会うんだからメイクもしっかりしなくちゃ。髪をといているとチャイムの鳴る音がした。すぐにパタパタと廊下を走る音。母が出てくれるらしい。

「あらまあ！」

驚きとよろこびが混在したような母の声が聞こえる。シワになったスーツにスプレーをし、クローゼットにしまっていると「未来！」と母の声がした。

マズい。もう出かけなくちゃいけないのに、問い合わせだろうか。にしても、大きな声で呼ぶなんて母らしくない。

荷物を手に部屋を出ると、母が「あがってください」と来客者に勧めている。遅刻は避けたいけれど、急な用事なら無下にもできない。迷いながら階段にさしかかると、見覚えのある男性が立っていた。黒いシャツに黒いパンツ。何度言っても替えないくたびれた灰色のスニーカー。

「……龍介？」

龍介がこっちを見あげ、にっこりと笑った。さっきまで会っていた気がしたけれど、あれは夢だ。

なんで龍介がここに？

慌てて階段を下りると、やっぱり龍介が立っている。

「待ち合わせまで間ができちゃったから迎えに来たんだ」

会えない間に伸びた前髪が龍介をより年上に見せている。夢の中の龍介より少しやせていて、疲れが目に浮かんでいる。

「龍くん久しぶりねえ。この子、なんにも言わないから心配してたところなのよ。さ、あがってあがって」

　リビングに招き入れようとする母に、龍介はにこやかに「いえ」と言った。

「ご無沙汰してすみません。今日はこのまま出かけますので、また改めてお伺いします」

「あら、そうなの？　てっきり結婚の挨拶に来たのかと思ったのに」

　何気に爆弾発言をする母を「いいから」と追いやりパンプスを履《は》く。

「行こう」

「うん。それじゃあ失礼いたします」

　最後まで丁寧にお辞儀をしたあと外に出る龍介。母はまだなにか言っていたが聞こえないフリでドアを閉める。

「びっくりした。来るなら連絡してよね」

　文句を言いながらもうれしい気持ちが隠せない。同時に、絵理奈が言っていた図書室の女性も思い出してしまう。

　前を歩く龍介が夕日に照らされ、光っているように見える。

　駐車スペースにちょこんと、龍介の愛車である中古のジムニーがあった。緑色の車体はところどころ擦《こす》れている。

　助手席に座りシートベルトをする。商店街にある和食屋へ行くのは久しぶりだ。私はカツ丼、彼はトンカツ定食というのが定番のお店だ。

まだ時間は早いから、近くの雑貨屋で時間をつぶすのもいい。どちらも私たちのお気に入りの店だから。

アプリの相談をされた日のように、新しい思い出を作りたい。なんなら今夜は泊まってもいい。明日のことよりも今は龍介のそばにいたかった。

違和感は、龍介が座席に座ったままエンジンをかけないこと、迷うように眉間にシワが寄っていること、シートベルトを着けないこと。

どうしたのだろう……。

「もう腕はいいの？」

騒ぐ胸を無視しておどけると、龍介の横顔が少しやわらかくなった。

「三角巾で吊ってたら仕事にならないから、許可を取ってムリのない範囲で外させてもらってるんだ」

「そう……」

「怪我のこと、言わなくてごめん」

「ううん。大丈夫だよ」

強がりなのは自分でも分かっている。でも、責めてしまったら、また離れてしまいそうで怖い。

「会いたかった」

彼の左手が私の手を握った。それだけで、まだ愛はここにあるよと言われている気がしてうれしくなる。私たちの恋はまだ大丈夫なんだ。

けれど、次の瞬間に龍介は突然手を離した。行き場を失くした彼の手がハンドルを握った。苦しそうな横顔にまた不安が顔を出す。

「実は急用が入ってさ、もう行かなくちゃいけないんだ。ほんと、ごめん」

急に思いついたように龍介は言った。

「そうなんだ……」

「落ち着くまでちょっとかかるかもしれないけれど、少しだけ待ってて」

やっぱりおかしい。さっき、母には出かけると言ったはず。まるで、直前までは出かけるつもりだったけれど、急に気が変わったように感じてしまう。

どんな用事なの？　誰に会うの？　誰が待っているの？　それは、満里奈さんという女性なの？

聞きたいことを飲み込んで、

「平気だよ」

とほほ笑む。もう、心と体がバラバラになっているみたい。

安心したように息を吐いたあと、龍介は一枚のカードを渡してくれた。二つ折りになっていて、表には天の川のイラストが描かれている。

そっか、今日は七夕なんだ……。

「今度こそちゃんと約束して会おう。今日はごめんね」

「あ、今度ね楓の結婚式場で婚活パーティがあってね――」

「行っておいで」

遮《さえぎ》るように言ってから、さすがにマズいと思ったのか龍介は言葉を続けた。

「楓さんの頼みじゃ断れないもんね」

「あ、うん」

「サクラとしてなら許可しましょう」

私が車から降りるのを待ち、龍介は車のエンジンをかけた。動き出す車体が夕日に反射してキラキラ光っている。ウインカーを出し国道へ滑り出た車を確認してから目を閉じる。

詳細を説明する前に『行っておいで』か……。傷ついている自分をごまかすようにカードの文字を読む。

実際に会うと冷たくて、文字のなかではやさしい龍介。前の印象では逆だったのに、龍介の書く文字に本当の気持ちがあると信じたい自分がいる。
ねえ、いつから私たちの距離は離れてしまったの？

未来へ

昨日急に幸せな気持ちになったんだ。
未来にやっと会えるんだと思うとうれしくてたまらなくなった。
ニヤけた顔のまま、このはがきを書いているよ。
新しいことばかりに夢中になってる俺のこと、許してくれてありがとう。
いつか、未来と一緒に僕の世界を探検したい。
七夕の今日、未来の未来についてお願いするよ。
いつも笑っていられるように、幸せであるように。

職場という名の自宅より　龍介

第三章　葬られる想い

二橋院長と会う約束は三日延期され、その後、さらに翌週の日曜日へと変更された。

『日曜日に集まりがあり、午後一時より場を設《もう》けます』

秘書と名乗った女性は、決定事項として電話をかけてきた。

婚活パーティと重なってしまったが、時間的には余裕があるだろう。

約束の時間の五分前、院長室のドアをノックすると、室内にはすでに各葬儀会社の営業担当が三名立っていた。

なるほど、とすぐに理解する。一社ずつ挨拶をするよりも、まとめて会うことにしたってことか。

デスクでパソコンを打っているのが二橋院長だろう。見事な白髪をうしろに流し眉毛は筆のように太い。おそらく六十代くらい、いや、七十代でもおかしくない。鋭い眼光を放つように見えるのは初対面のせいだけじゃなく、事前情報でこれまでもいくつかの病院改革の実績があると聞いているせいだろう。

「皆さんお揃いになられました」

電話をくれた秘書と思われる若い女性が一礼して出ていくと、二橋院長はノートパソコンを閉じて私たちを見渡した。

「今日はお忙しいなかお集まりいただきありがとう。今月から院長を務めています二橋です」

各社の営業担当が口々に「よろしくお願いいたします」と頭を下げたのでそれに倣《なら》う。

「私の医者生活は東京での研修医から始まりましてね――」

二橋院長は、自分のキャリアをたっぷりと語り出す。今ではいくつかの医師会の顧問をしているらしい。淀《よど》みない話しぶりの端々に、決して揺るがない自信が垣間《かいま》見える。

営業さんたちは、「おお」「すごい」など口々に盛りあげているが、私はうなずくことしかできなかった。

「葬儀会社には日頃からお世話になっている。亡くなったかたのご家族からも迅速な対応に対し感謝の声もいただいている。しかし――」

そこで間を取るように二橋院長は立ちあがると私たちの前に来た。思ったよりも背は低いが、堂々とした振る舞いのせいで大きく感じる。

「昨今では個人情報のこともあるし、亡くなったばかりの家族に対し『葬儀会社はお決まりですか?』と尋ねるのはモラルに反すると常々思っていた。実際、そういう類《たぐい》のクレームも寄せられているんだよ」

チラッと隣の営業担当が私を見た。昔から病院には葬儀会社の担当が詰めていて、亡くなった人がいると家族に対し営業をかけているそうだ。何人かの医師や看護師が、亡くなりそうな人の情報をリークしているとも聞く。

「悲しみに暮れるご家族にしてみれば、どうしていいのか分からない時に現れた救世主に思えるだろう。だが一方で、相場よりも高額な葬儀が執り行われることもしかり。パニック状態の家族にとって、その料金が正しいかどうか分からないうちに葬儀は終わってしまう。君たちにとってはおいしい仕事でも、病院の信用という観点で見れば明らかにマイナスだ」

二橋院長は、自分の発言に同意するかのように何度かうなずいた。

「そこで、当院では今後、葬儀会社が病院内に常在することは禁止する」

ざわっとする三名に反し、私はむしろうれしいニュースを聞かされた気分。うちは病院に待機できるほどのスタッフ数がいない。檀家だったのに、気づけばほかの葬儀会社で契約していた例はこれまでもあったので、各社が平等になるのならむしろラッキーと言えよう。

　そんな私の思考を読むように二橋院長の視点が向いた。

「さらに今後は、営業での来院もお断りする。つまり、君たちはもうここに顔を出さなくてもいいってことだよ。ご家族から頼られた場合はこちらから連絡する」

「え……」

　思わず声をあげてしまった。

「なにか？」

「いえ……。なんでも……すみません」

　口ごもる私の横にいた男性が「あの」と手をあげた。

「それでは職員の皆さまの手をわずらわせることになるのではないですか？　私どもとしましても、料金やプランの最新情報を都度お伝えすることができなくなってしまいます」

　亡くなったご家族を慰めたり、『エンゼルケア』と呼ばれる最後の身支度など現場ではおこなうことはたくさんある。事務を一手に引き受け手配する葬儀会社は不可欠だと私も思う。

　二橋院長は肩をすくめると質問した男性の前に立った。

「もっともな正論を言ったつもりか？　君たちがバラバラに営業に来たときに対応するス

タッフや私の身にもなってほしい。同じ時間を取られるなら、スタッフも入院患者のために使いたいんだよ。新しいパンフレットや料金表は郵送やメールで送ればいい。それで十分だ」

どうだ、と言わんばかりに顔を近づける二橋院長にもう口を出す人はいなかった。話は終わりと、デスクに戻る二橋院長。私たちを外へ誘導しようと秘書がドアを開いたのを見て、

「すみません」

と、二橋院長に声をかけた。

「入院患者さんのお見舞いに来るのは構わないでしょうか？　元々の知り合いのかたが何名か入院されているのですが……」

檀家さんは入院などの事由があるとすぐに連絡をくれる。そこで顔を出すことも禁止されるのは困る。

二橋院長はあごを軽く動かした。うしろの秘書に合図したらしく、私を残してドアは閉められた。

「君は、前の院長とは懇意にしてたそうだね？」

「よくしてもらっていました。あの――」

「いつまで住職気取りなんだ？」

攻撃するような強い口調に思わず口を閉じた。自分でもそう感じたのか、二橋院長は「いや」と声をやわらかくした。

「これは君のお父様に言うべき言葉だろう。当院は患者重視という理念を掲げている。葬儀を選ぶのはすべて患者本人や家族の意志でおこなう。たとえ元々の知り合いでも同じことだ。入院患者から『どうしても来てくれ』と言われるまでは勝手に来ないでもらいたい。いいね？」

最後は笑顔で締めた二橋院長に、手の平でドアを示される。

「ありがとうございました」

操られるように礼をして部屋を出ると、廊下にはもう誰もいなかった。

一階へ下りると同時に「ちょっと」と、三浦さんが駆けて来た。

「聞いたわよ。二橋院長、葬儀会社の締め出しに踏み切ったんですって。営業の皆さん、こんなふうにうなだれて帰って行ったのよ」

オーバーなくらいうつむいたあと、「で？」と三浦さんは情報を求めた。心なしか、いや、確実に目が輝いている。

「病院への常在や営業はできなくなりました。でも、入院されているかたに呼ばれた場合は来てもいいそうです」

邪魔にならないよう、柱の陰に移動した。

「看護師さんたちがすごく反対してるの。いざという時に看護師さんたちってやることだらけじゃない。そんな中で葬儀会社をどこにするか、なんて相談に乗ってたらいくつ体があっても足りないわよね」

「困りました」

この病院が打ち出した方針は、きっともうひとつの総合病院へ伝わるだろう。足並みを揃えるのも時間の問題だ。

「三浦さん、日曜日なのに出勤されてるんですか?」

「だってぇ、話し合いが今日になるって聞いたから無理やり理由つけて出勤したの。でももう帰るわ」

噂好きの三浦さんらしい。

「大丈夫。なにか相談されたら未来ちゃんとこに電話するから。あと、お見舞いに来たついでに営業してっていいわよ。私がいるときなら平気だから」

三浦さんのやさしさに少しだけホッとすると同時に、ようやく気づいたことがある。

「そういえば、今日、猪狩さん……静岡葬祭さんは呼ばれていませんでした」

出入りしている葬儀会社を呼んだとしたら、静岡葬祭がいないのはおかしい。あの会社が一番、ここの滞在時間が長いし、亡くなった家族へ直接営業をする回数も多いと聞いている。

三浦さんが辺りを見渡してから顔を近づけた。

「それがね、噂なんだけどね――」

同時にポケットに入れていたスマホが震えた。画面には『小楠秀美』と表示されている。莉緒ちゃんの母親の名前だ。なにかあったのだろうか……。

「すみません、大事な電話で」

「あら、いいのよ。また来てね」

一礼してからスマホを手に外へ急ぐ。既に着信は切れていたため折り返すと、コールを待たずに秀美さんが電話に出た。

『未来さん、お忙しい時にすみません』

第一声が穏やかなのでホッとする。自動ドアを抜けると、夏の暑さが一気に体にまとわりついた。セミの鳴き声に追われるように、日差しの当たらない壁際へ移動する。

「こちらこそ、お電話に出られず申し訳ありませんでした」

『今、お時間よろしいですか？』

「はい」

『実は、莉緒がさっき亡くなりました』

スッと体の温度が下がった気がした。目の前が真っ暗に塗りつぶされていくのを堪《こら》え、壁に寄りかかる。

「え……」

『今、往診の先生に死亡診断書をいただいたところです。主人には連絡を済ませてあります。これからについてご相談したくてお電話をしました』

――気が張っている状態。

まだ現実のことだと受け入れられないまま、事務的に電話をかけているのだろう。

非日常なことが起きた時、人は拒絶や拒否をくり返しながら徐々に受容へと動き出すもの。秀美さんの淡々とした口調は、拒絶の入口にも立っていない。

「このたびは誠にご愁傷様です。今からすぐに伺います」

『え？　ああ、はい。和尚さんには電話しました』

「秀美さん」

『あとなにかやることはありますか？　こういうこと初めてで……』

動き回っているのだろう、床を踏み鳴らす音が聞こえる。混乱しながらも、なにかしなくてはいけないと焦っているのだろう。

「莉緒ちゃんのそばにいてあげてください。二十分以内に伺います」

幼い子供の葬儀は心が痛い。知っている子ならなおさらのこと。通話を切り、体全体で深呼吸をする。

ここで泣くのはプロじゃない。言い聞かせても、あっという間に涙で視界がゆがんでいく。

「しっかりしなくちゃ……」

誰よりも悲しいのはご家族だ。ご家族が混乱しても取り乱したとしても、彼らの支えになることが私の使命。

歩き出したと同時に、駐車場の向こうから歩いてくる男性が目に入った。ジャージ姿に大きなバッグを持つ人……それは、龍介だった。

「え……」

ぽかんとする私に、龍介はホッとしたような顔で近づいてくる。

「良かった。病院にいるって聞いたから探しに来たんだ」

「……どうかしたの？」

母にでも聞いたのだろう。つき合って二年、こんなふうに私を探してくることはこれまでなかった。

「今からちょっとだけ話せるかな?」

「ごめん。すぐに行かなくちゃいけないところがあって」

こうしている間にも、秀美さんが悲しみに直面しているかもしれない。

「そっか」

あっさりとうなずいた龍介に嫌な予感がした。スマホには着信もLINEもなかったはず。直接会って言わなくちゃいけない用件なのだと分かった。それも、すぐに。

「じゃあ、今夜は?」

「前に言ったかもしれないけど、ほら……楓の会社が主催する婚活パーティがあって。でも、大事な話なら断るよ」

目を見開く龍介は、婚活パーティの話を忘れていたのだろう。

「いや、いいよ」

迷うように瞳を伏せたあと作る笑顔がぎこちない。

「終わったあとでいいから、家まで来てくれる?」

「うん。なるべく早く終わらせて行くね」

改めて見ると、龍介は寝起きで駆けつけたみたいな姿だ。ジャージで外に出るのも初めて見たし、髪もボサボサ。急に思いついて話をしたくなったなら、きっと悪い話なのだろう。

「気になるから、どんな内容かだけ教えてくれる？」

バッグから車のキーを探すフリで尋ねた。いつもはバッグの奥底に入り込んでしまいなかなか見つからないのに、こんなときばかりたやすく見つけてしまう。

勇気を出して顔をあげると同時に、胸が高く跳ねた。

龍介の瞳は見たことがないくらいの悲しみに満ちている。指先からキーホルダーの感触が消え、めまいの嵐が押し寄せてくる。

彼の口が静かに開いた。

「しばらくの間、距離を置きたいんだ」

自分が傷つけられたようにアスファルトに視線を落とす龍介。

セミの声はもう聞こえなかった。

「大凶って感じだね」

あっさりと言い放った楓がA5サイズの厚紙を渡してきた。いちばん上に『プロフィールカード』と印刷されてある。

楓の勧める『優愛殿』は、市内を拠点に県内にいくつかある結婚式場だ。これまで数回、友人の結婚式で新館に来たことはあるが、本館は初めてだ。最近ではイベントやセミナーを本館でおこなっているとのこと。絵理奈も同じらしく広くて豪華なロビーを珍しそうに見渡している。壁に沿うように革張りのソファが並び、天井からはまばゆい光を放つシャンデリアが等間隔でぶら下がっている。よく言えば宮殿っぽい雰囲気、悪く言うならどこか古臭さを感じる。

時刻は十七時半を過ぎたところ。開始まで三十分近くあるというのに参加者のほとんどは既に会場入りしているらしく、急いでプロフィールカードを記載しているところ。書く項目がやけに多くて悪戦苦闘している。

「それにしてもその恰好、もう少しなんとかならなかったの？」

不満げな楓に「だって」と言いかけてやめた。いつものスーツで来てしまったので、式場のスタッフに間違えられそうなのは認める。

「しょうがないじゃない。未来はギリギリまで仕事してたんだしさ」

ありがとう、絵理奈。

感謝の言葉を言うよりも早く、

「絵理奈だって同じ。ふたりとも地味すぎるって」

楓は私たちふたりをまとめて否定した。たしかに今日の楓は気合いが入っている。鮮やかな黄色のワンピース、美容室に行ってきたのだろう、髪だってふわふわになっている。

「主催者がそんなに目立っていいわけ？」

絵理奈の嫌味もなんのその、

「お褒めいただきありがとうございまーす」

なんてとぼけている。

「小楠さんのところはどう？　秀美さん、大丈夫？」

小声で尋ねた絵理奈に、首を横に振った。

莉緒ちゃんはまだ三歳だった。生まれた時から心臓の病気を抱えていたそうだ。絵理奈の勤める産婦人科で出産していたことを、私もつい先日聞いたばかりだった。

「ちゃんと葬儀をしよう、って気が張ってる。それに、葬儀のことでちょっと色々あってね……」

「ああ、聞きたいのに行かなくちゃ。またあとで教えて」

慌ただしく去っていく楓は、会の冒頭で挨拶をするそうだ。私もこんな気持ちで参加することは難しいと楓に相談したけれど秒殺された身だ。

プロフィールカードの残りの部分を埋めながら、小楠家で起きたことを絵理奈に話す。

「秀美さんと話をしていると、ご主人が帰ってこられたの。ご主人ね……猪狩さんを連れてた」

「猪狩、って新しい静岡葬祭の営業マン？」

「そう。ご主人が依頼してたんだって。ふたつの葬儀会社が鉢合わせ。ご主人と秀美さんがケンカみたいになっちゃって……」

「それで未来が身を引いたんでしょう？」

先回りする絵理奈があっさり言い当てた。

「しょうがないじゃない。ご主人の『最後くらい豪華に見送ってやりたい』っていう気持ちも分かるし、ご霊前で揉めるのもおかしいと思うし」

ご主人は静岡葬祭の新しい家族葬プランのなかで、いちばん高いものを希望した。秀美さんに『なにかあればいつでも』と伝え、私はその場をあとにした。もちろん明後日の通夜には参列する予定だ。

ちなみに猪狩さんの髪型は、前となにひとつ変わっていなかった。

「そういうところ、未来らしくていいね」

「押しが弱いって言いたいんでしょう？」

膨れてみせると、彼女は心外とでも言いたそうに目を見開いた。

「違う違う、揉めるくらいなら自分が身を引くって姿勢のことを褒めてるの。私はそういうのできないしさ」

昔からそうだった。関係がぎくしゃくしそうな雰囲気に敏感で、問題の本質よりもまずは修復に動いてしまう。自分が悪くないのに謝ったり、おどけたりしてきた。

「でも、そういうのは仕事だけにしなよ」

「……うん」

龍介から距離を置きたいと言われたとき、私はうなずいた。秀美さんが心配だったし、龍介を問い詰める時間もなかったから。ううん、これはあとづけの言い訳だ。

今日の夜に会う約束をしたけれど、彼の中で私は同意したと思っているだろう。同意なんてできるわけがない。どうしてこんなことになったのか、あれ以来ずっと考えている。

この間もらったはがきからは彼の愛を感じた。なのに、会えばまるで違う人のように冷たく感じてしまう。

恋が死んでいくときは、こんな感じで終わっていくものなのかな。希望や絶望をくり返しながら恋の命が消えるのを見ていることしかできないなんて悲しいな……。

「なにこれ。こんな細かい情報も開示するわけ？」

絵理奈の声に我に返る。家族構成や持病など、自分の情報が丸裸にされてしまうらしい。

「楓のためだもん。書くしかないよ」

絵理奈を励ましてなんとかプロフィールカードを書き終わった。自分の似顔絵を描く欄だけは空白のままだけど、よしとしよう。

受付で身分証明書を見せてから料金を支払う。女性は四千円、男性は八千円とのこと。

「こんなの男女差別じゃない。倍の金額差があるなんて信じられない」

財布をしまいながらぼやく絵理奈に「しっ」と笑顔のまま注意した。

「楓が言ってたでしょ。女性参加者は少ないから金額を安くするしかない、って。逆に男性は参加希望者が多いから高くする。差別じゃなくて、ニーズに合わせてるんだって。ほら、そんな顔してたら楓に恥かかせちゃう。笑って」

「はいはい」ニッコリと笑みを作ったあと絵理奈は言う。

「ものは言いようよね。男女平等が聞いてあきれるわ」

「絵理奈」

「あら、大丈夫。私、作り笑顔は得意なんだから」

たしかに優雅にほほ笑みを浮かべている。気持ちを切り替えよう。今はただ楓のためにがんばるだけ。このあと龍介に会えば、きっと……。

きっと、の先が思いつかず、絵理奈にせかされ会場に足を踏み入れた。

披露宴会場にはコの字型にテーブルが配置されていて、それぞれ番号が振ってあった。男性陣は内側に、女性陣は外側に座るよう案内がされている。テーブルの上には生花が飾られ、クラシック音楽が程よい音量で耳に届く。受付で言われた通り、左胸に自分の名前を書いたシールを貼り付けた。

「それにしてもすごい人ね」

絵理奈の言うとおり、急遽開催したとは思えないほど、たくさんの人が椅子に座っている。五十人、いや……百人はいるだろう。奥にあるステージの横で、楓がスタッフと最終の打ち合わせをしている。

「なんかさ」

スタッフからカクテルを受け取りながら絵理奈が言った。

「今回の応募要件は二十代から三十五歳までの結婚を真剣に考えている人、なのでしょう？　こんなにたくさんの人が結婚を考えているなんて不思議」

「たしかに。私たち、参加する必要なかったんじゃない？」

「結婚願望のない私と、婚約している未来だもんね」

昼間に龍介に言われた言葉が耳元でリフレインしている。

「婚約してないよ。それに……どうなるかわからないんだよね」

「え、それってどういうこと?」

明るい口調を意識したのに、絵理奈のアンテナにしっかり引っかかった様子。

「あ、そろそろ始まるみたい。話はあとでね」

司会者がマイクを手に壇上にあがるのが見えた。絵理奈は眉をひそめた顔のまま自分の席へ向かって行く。

私の名札には、三十二番と書かれてある。ステージの脇にいる楓が腕をあげて左側を指さしてくれた。ひとつだけ空いた席に名札と同じ番号を見つけ腰をおろす。

「失礼します」

向かい側の男性に頭を下げると「ども」とつぶやくような声で返された。二十代後半くらいだろう、七月というのに冬用のスーツを着ている。慣れていないのだろう、ネクタイも右上がりに結んである。

周りの人たちは目の前の人と談笑している人もいれば、テーブルとにらめっこしている人、スマホを眺めている人もいる。

絵理奈の姿を探すと、まだ席についておらず若い男性に話しかけられていた。かろうじて作り笑いを浮かべているが、はがれるのは時間の問題だろう。

スマホの音を切ることを失念していた。画面を開くと秀美さんからお礼のメールが来ていた。

当日は早めに行って通夜の準備を手伝いたいけれど、静岡葬祭からすれば邪魔かもしれない。それでも、秀美さんの傍《そば》にいたい。

「皆さんお待たせいたしました。本日は――」

よく通る司会者の声に一斉に顔がそちらを向く。

結婚を目標に集まる人の中で、葬儀について考えているのは私くらいなんだろうな。

恋を失いそうになっているのも、きっと私だけだろう。

婚活パーティには初めて参加したけれど、これほど大変だとは想像していなかった。

まず最初に、目の前に座る人へ自己紹介をする。プロフィールカードを渡し合い、それを元にトーク。時間はきっちり三分間だ。男性のプロフィールカードは内容が女性とは若干違い、年収の欄や介護が必要な人の有無、持ち家かどうかまで記載してある。

周りを見ればにこやかに話をしている人たちばかり。遅れまいと口を開くけれどなにを質問していいのか分からない。

あっという間に三分間は過ぎ、プロフィールカードを戻してから挨拶。男性陣だけ時計回りにひとつ席をずれるそうだ。今回は男性参加者のほうが多いので、何名かの男性は相手のいないテーブルに向かって座ることになる。

何回かそれをくり返しているうちに、これは大変だと思った。同じ自己紹介をくり返し、質問されるのも同じようなことばかり。

『お仕事はなにをしているのですか？』『旅行が趣味と書いてありますがどういったところへ？』『お休みの日はなにをしているのですか？』

答えながら、私も相手のプロフィールカードから質問する。最初に渡されたメモ用の用紙には男性陣の番号が印刷されていて、忘れないようにメモをすることになっていた。

つき合いで参加しているだけだから、と最初は空白にしていたけれど、これでは相手に『興味がない』と言っているのと同じ。気づいてからはメモを取るフリをした。へのへのもへじ。へのへのもへじ。

『このあとなにか予定ありますか？』の質問には、本気で『このあとフラれるかもしれないんです』と答えたくなった。もちろん、笑顔で違う返答を選んだけれど。

ひとりだけ印象に残った人がいた。ふわふわの髪に丸い瞳、白い肌の男性は、まだ『男の子』という印象。あどけない顔は、まるで高校生くらいに思えた。名札に書かれている名前は『文弥《ふみや》』。

　プロフィールカードによると二十三歳で、勤務先は聞いたことのない会社で、さらには準社員と記してある。

　文弥君……いや文弥さんは、座るや否や上半身を乗り出して言ったのだ。

「僕、絵理奈さんのことが好きなんです」と。

「え？　どういうこと？」

　いきなりの展開に戸惑ってしまう。自分で言っておいて恥ずかしそうにもじもじする文弥さん。いや、もう文弥君でいい。

「さっきトイレにふたりで行ってるのを見ました。名前で呼び合ってたからお友達ですよね？」

　上目遣いで見てくる文弥君に迷いながらうなずくと、少年のように顔を輝かせた。

「姉が先月子供を産んだんです。絵理奈さんが助産師さんでいらっしゃって、あの……一目ぼれなんです」

「はあ」

　気の抜けた返事をする私に気づくことなく、文弥は祈るように両手を組んだ。

「僕の気持ちを知った姉が、退院の時に絵理奈さんからこの会に参加することを聞きだしてくれて、僕も急いで予約したんですよ」

参ったな、と思った。よく見ると、彼はさっき絵理奈に話しかけていた男性だ。さりげなく絵理奈の席へ目をやると、私を見て必死に首を横に振っている。これは脈なし、ってことだろう。

「あの、ね。ここにはほかにもたくさん女性がいるじゃない。そういう人とも話をしてから自分の気持ちをたしかめてもいいいんじゃないかな？」

「その必要はありません」

声を高らかに宣言すると、文弥君はさらに私に顔を寄せて来た。

「ずっと探していた人がいたんです。絵理奈さんとたくさん話をしたくて、このまま姉が永遠に妊娠したままでいてくれたら、って思うほどでした」

何気に怖《こわ》いことを言う。若さを目《ま》の当たりにすると、勢いに飲み込まれてしまいそう。自分にもあったはずのそれが、思い出せないほど遠い。

「文弥君の気持ちはすごいとは思うけど、冷静に考えたらストーカーっぽいよ」

「どこがですか。僕は絶対に絵理奈さんに今日告白をすると決めているんです。もちろんプロポーズのつもりです。だから協力してください」

「お断りします」

「ひどい！」

子犬がキャンと鳴くような声は、制限時間終了のチャイム音に消された。男性陣が席をずれるために立ちあがってもなお、文弥君は「お願いします」とやめない。まるで私を仲間に誘っているみたいだ。

ロールプレイングゲームなら迷わず『にげる』を選択するレベルだ。

文弥君の気持ちはすごいけれど、恋はいつかは冷えていく。別れの予告編を突きつけられている自分が、なんだかかわいそうに思えた。

フリータイムの合図とともに、ロビーへ逃げたのは私だけじゃなく絵理奈も同じ。目を合わせてすぐ、電話がかかってきたフリをして会場を出た。

ひとり三分でも、二時間以上かかって全員と挨拶をしたことになる。満身創痍《まんしんそうい》、疲労困憊《ひろうこんぱい》、つまりあまりにダメージが大きい。

ソファに座った絵理奈ががっくりと肩を落とした。

「参った。こんなに大変だと思わなかった」

「すごかったね。誰が誰だか覚えてないもん」

「これで結婚相手が見つかるとは思えない」

言い捨てたあと、絵理奈は締まったドアに目をやった。

「フリータイムでより親しくなるんだろうけどさ、それだって第一印象とプロフィールカードの情報からだもんね。年収とかウソついてる人、絶対にいると思うけどな」

「結婚への道は遠いね」

「まあ、する気もないけど」

絵理奈の横顔を見て違和感を覚えた。ドアの向こうに広がる世界をまぶしそうに眺めているように見えたから。

「さっきの文弥君、絵理奈のことを追ってきたんだって。勤務先で何度も会ったんでしょう?」

「それがさ、覚えてないんだよね」

あっさりと言ったあと、絵理奈は足を組んだ。

「毎日何人もの人を看ているんだよ。その家族なんていちいち覚えてないって。まあ、言われてみれば犬みたいな子がいたな、って感じ」

「たしかに子犬っぽかった」

さっき悲鳴をあげたことを思い出して笑ってしまった。

「でも、ここまで絵理奈を追いかけて来たなんてすごいよ。で、なんて答えたの？」

肩をすくめた絵理奈が唇を一文字に結ぶ。

「無理、って」

「それだけ？」

「しょうがないじゃない。サクラとして参加してることは内緒だし」

たしかにそんなことバラしたら、楓だけじゃなくこの式場の信頼に関わるだろう。

「絵理奈ってさ、昔から結婚願望がないって言ってたよね？　ここ数年は特にそうじゃない？」

「別にひとりでも困らないし。それに、ひとりの人と添い遂げるのって難しいよ。人間って浮気する生き物だと思うしさ」

専門学校に通っていたころ、絵理奈には二年つき合っている彼氏がいた。ふたつ年上の彼は、最終的に浮気相手を妊娠させ結婚した。その頃からだろう、絵理奈が〝生涯独身宣言〟を謳《うた》うようになったのは。

「こういうのを体験すると少しは結婚したいって思わない？」

怒るかな、と危惧しながら尋ねると、意外にも絵理奈は素直にうなずいた。

「結婚したいとまでは思わないけど、そういう人生もあったのかなって思うね」

「結婚に肯定的なこと言うなんて珍しいね」

思ったことがぽろりとそのままこぼれた。結婚式場にいるという非日常な経験が感覚を麻痺させているのかもしれない。

「別に結婚したい人に意見するつもりはないよ。ただ、私が結婚したくないだけ。できない、って言ったほうが正しいかな。きっと……その資格がないんだよ」

さみしげにほほ笑む絵理奈に驚いた。いつもの淡々とした口調ではなく、自分に語り掛けるような言いかたがらしくない。ハッと口を閉じたあと、絵理奈はぎこちなく笑った。

「でも文弥はダメ。万が一、結婚願望が私に生まれてもあの子だけは選ばない」

呼び捨てで名前を言う絵理奈に、

「どうしてよ、まっすぐでいい子じゃない」

私もおもしろがって反対意見を言った。

絵理奈は眉をひそめると、「あのね」と私を指さし詰め寄ってくる。

「いい子とかいい子じゃないとか、そういうのは関係ないの。私は独立した女なの。助産師として産婦人科に勤務していて年収だってそれなりにある。老後に備えて定期預金にNISAやiDeCoの積み立て投資もしてるの」

早口でまくし立てる絵理奈に気圧《けお》される。

「あんな若い子になびいてみなよ。結局は若い女と浮気して、最後は捨てられるに決まってる。問題なのは離婚の時なの。夫婦である期間中に得た財産は折半《せっぱん》される。つまり、半分は新しい女のところに持っていかれるってわけ。そんなの耐えられない」

「だって浮気するとは……」

言いかけてやめた。自分だって浮気されているかもしれないというグレーゾーンにいるわけだし……。

「男なんてね、浮気する生き物なんだよ」

結論めいた口調で言う絵理奈は、まだ昔の傷が癒《い》えていないのだろうか。さっきの勢いはなく、どこか落ち込んでいるようにも見える。

一時は吹っ切れたように見えたのにな。

「ねえ、絵理奈はさ」

口を開くと同時に、

「ちょっと、なにやってるのよ」

ドアが開き、怒った顔の楓が向かってきた。

「フリータイムは婚活パーティでいっちばん大切なんだからね。このあと、気に入った人のところに行くのに、ここで顔を売らないでどうするのよ」

「顔のことで言うなら、楓の顔は十分立ててると思うよ。こう見えても私、ずっとニコニコしてたんだから」

強気に返す絵理奈から、さっきの沈んだ空気は消えていた。わざとらしくため息をついてから、楓は私たちの間に割り込むように座った。

「まあ、あたしも逃げて来たんだけどね。でも、最後まではいてよね」

このイベントに懸けている楓のこと、ちゃんと応援しなきゃね。

「最初の挨拶すっごく上手だったよ」

堂々としていて、だけどかわいくて、『今回は主催なので参加できませんが、私も独身なのでよろしくお願いします』と笑いも取っていた。

「緊張したけどね。岩男から『第二回はいつにしようか』って相談されたんだ。こないだまでは『穴埋めイベント』とか言ってたくせにさ」

「よかったね」

「まぁ、岩男のおかげもあるんだよね。結構、上に掛け合って予算を割いてくれたみたいだし」

感謝しているはずの上司をあだ名呼ばわり。楓も絵理奈も男性には手厳しいところがある。

「楓、がんばってたもん」

「まあね。で、なんの話してたの？」

腕時計を気にしながら尋ねる楓に、絵理奈が「あ」と口を開いた。

「そういえば、さっきの話はなに？　龍介さんとどうなるか分からない、ってなんのこと？」

ああ、とうなずくけれど、せっかくの楓の晴れ舞台に余計な話はしたくない。

「今度、喫茶店に行った時にでも話すよ」

「ええ、それってなくない？　来た時から未来、なんかヘンだったから気になってたんだよ。ちょっと待って、あたしだけ仲間外れなの？」

楓は頬を膨らませるし、絵理奈は視線で発言を促《うなが》してくる。冷静を装ってもふたりにはバレていたのかもしれない。

ふう、と息を吐いて覚悟を決めた。

「龍介から、ね……しばらく距離を置きたいって言われちゃった」

「えええええ⁉」

ふたりの悲鳴というか絶叫がフロアに響き渡った。遠くにいるスタッフがビクッと体を揺らすのが見えた。

「どういうこと！　なんでそうなるわけ⁉」

楓が寝耳に水といった顔で問い詰めてくる。

「このあと会うことになってるからまた話すよ」

わざと軽い口調の私に絵理奈が顔をしかめた。

「やっぱりあの図書館の女が原因なのかも。結局、男ってみんなそうなんだよ」

再度結論づけた絵理奈の目は怒りに燃えている。

「まだそう決まったわけじゃないから」

「許せない。あたし決めた。終わったら三人で問い詰めに行こう」

楓が立ちあがり鼻息荒く宣言した。

「待って待って。ちゃんとあとで説明するから。今はこの会に集中しよう」

「あ、そっか」

我に返った楓が「いけない」と腕時計を見た。

「もう行かないと。とにかくこれが終わったら集まろう。そこで作戦会議だよ」

慌ててドアに向かう楓を追いかける形で私たちも再度会場入りする。絵理奈を見ると、顔に笑みを浮かべて……いや、貼りつけていた。

いつの間にかテーブルが撤去されていて、何人かごとのグループができている。話し声が渦のように生まれ、笑い声が重なっている。

ああ、絵理奈が早速文弥君に言い寄られている。が、闘牛士がマントをはためかせるようにスルーすると、飲み物を取りに行ってしまった。それを追いかける文弥君は、やっぱり犬に似ている。

龍介は犬というより猫タイプだ。甘えたかと思うと、素知らぬ顔で何日もほったらかしにされることもあった。せめてスマホを駆使してくれれば、メッセージのやり取りもできるのに。

あの頃は、それでもいいと思っていたはず。龍介のすべてを理解した上で成り立っていた恋愛だった。

「不思議……」

距離を置くことを告げられても、彼の心変わりがまだ信じられないでいる。連絡はマメじゃなく、猫みたいに気まぐれな態度を取られても、ずっと安心感があった。

このあと終わるかもしれない恋愛なのに、どうしてまだ輝いていると思えるのだろう。なにも変わっていないと信じている自分がいる。

「お久しぶりです」

急に声をかけられふり返ると、線の細い男性が立っていた。胸に貼ってあるシールには五十二番の文字と、『ヒロ』と書かれてある。楓がこの間別れたという彼氏さんだ。

「あ、楓の……」

「はい。作間浩人《さくまひろと》です」

照れくさそうに笑う作間さんに、思わず眉をひそめてしまう。まさか、偶然この婚活パーティに参加したのだろうか？　だとしたら、世間ってなんて狭いのだろう。

「楓に『どうしても』って泣きつかれましてねぇ。遅れて今、到着したところなんです」

ワイングラスを手に赤ら顔で作間さんは言った。なるほど、彼も楓の協力者なんだ。

「私もです。……よくＯＫしましたね」

フラれた相手に婚活パーティに呼ばれるなんて屈辱的すぎる。けれど、作間さんはにこやかにうなずいた。

「惚《ほ》れた弱みってやつですね。まあ、ここで良い出会いを期待してるのもありますけれど」

グレーのジャケットが細身の体によく似合っている。私ならパソコンが好きってことくらいで別れたりしない。プロポーズした相手をフッたりもしない。ああ、また頭の中が龍介で占められている。

司会者が壇上にあがるのを見て、会場の声が徐々に小さくなった。これから第一インスピレーションを紙に書いて投票するそうだ。説明では、そのあと現時点でのカップルが何組誕生しているかを発表するみたい。

「じゃあ、これで」

最後までにこやかに去っていく作間さんは強いな、と思った。私なら、もし龍介と別れたあとで、こんな会に誘われたら泣いてしまうだろうから。

このきらびやかな会が終われば、私は彼に会いに行かなくてはならない。

——今夜、私はフラれるのかもしれない。

成立したカップルが呼ばれ、壇上でにこやかにインタビューを受けている。今夜の成立件数は五組。司会者によると各々第三希望まで採用されているそうだ。

最後に、優愛殿のイベント担当者が挨拶する。岩男こと岩本さんは、慣れていないのか終始ぎこちなく参加者へ感謝を述べていた。悪い印象ではなかった。

拍手が終われば、ぞろぞろと参加者たちは帰途につく。

楓の片づけを待っている間にトイレに寄る。友達同士で来たと思われる女子ふたりが、鏡の前で愚痴《ぐち》を言い合っていた。どちらもカップル成立には至らなかったらしい。

絵理奈は文弥君の強い押しに負け、ＬＩＮＥの交換をしたそうだ。ぐったりした顔の絵理奈とは対照的に、文弥君は宝くじにでも当せんしたかのようにはしゃいで帰って行った。

個室の中でスマホをチェックする。誰からも連絡が来ていないことにホッとすると同時にさみしい気もした。胸につけたままの名札を取り、ポケットに押し込む。

ああ、気が重い。会の後半からやけに別れを実感しはじめてしまった。鉛のような重みはどんどん大きくなり、今じゃ吐きそうなほど気分が悪い。

個室から出ると、メイク直しに励んでいる女性が鏡とにらめっこしていた。長い髪をひとつに縛り、黒いシャツワンピースに黒いパンツの女性は、メイクも薄めでスタッフかと思うくらい地味な印象。

私と似ているな、と思ったから会の最中もたまに目で追ってしまった。

それなのに、進言したくなるほど濃いメイクをはじめている。

胸に『二番・高橋《たかはし》』と丸文字で大きく書かれていて、周りには星やハートも添えられている。私の視線に気づいたのか、女性は恥ずかしそうに名札を取った。

「やっぱり最初からこっちのメイクにしておけばよかった。婚活パーティって初めて参加したのでわからなくってぇ」

アニメの声優かと思うほどかわいい声に驚いた。

「あ、私もです」

「いい人と出会えると思ったんですけど難しいですね。さっき、一緒になった方に、ほかの婚活パーティを教えてもらったんです。来週一緒に参加するんですよ。よかったらどうです？」

「私は、その……大丈夫です」

「ですよね。いきなりすみません。私、ちょっとおせっかいなところがあって、よく注意されるんです。だったらもっとおしゃれして来い、って感じですよねぇ」

壁を感じさせないしゃべり方。年齢は二十代前半だろう。

「私も誰かとしゃべりたかったので楽しいです」

「なんにしても、早く結婚したいですよね」

この会に参加している人は、みんな結婚願望の強い人だ。同感を示すように大きくうなずいた。

「高橋さんはすごくキレイだからすぐに見つかるんじゃないですか」

「まさか。普段が地味すぎて全然ダメなんです。マジ、終わってます」

話している間にもどんどんメイクは濃くなっていき、結んでいた髪を放つと長い髪が優雅に広がった。

「これからバイトなんですよ。あ、水商売じゃないですよ」

聞いてもないのに先回りしたあと、高橋さんは会釈をして出て行った。

私も鏡を見つめてみた。まだ龍介との約束までは時間がある。メイク直しは龍介に会いに行く直前にしよう。

いちばんキレイな姿を見せたいから。なんて、すでに傷心気分だ。

別れは突然やってくるものだと思っていたけれど、こうして徐々に覚悟を決めていくパターンもあるんだ。

私は別れを告げられたら泣くのだろうか？　それとも素直に受け入れるのだろうか？

そんなことを考えていると、外で騒ぐ声がした。大声で怒鳴る声に聞き覚えがある。

……楓だ。

ロビーに出てギョッとしてしまう。楓がトイレから出たばかりの高橋さんに詰め寄っているのだ。

「ちゃんと説明しろって言ってんの！」

「楓、もう止めて」

間に入り、必死で押さえているのは絵理奈。

「なんで止めるのよ。こいつが悪いんじゃない！　ほら、なんとか言いなさいよ！」

ふたりは押し問答を続けていたが、やがて楓が高橋さんの肩を両手でつかんだ。激しく前後に振るのを見て、慌てて止めに入る。

「ちょっと、どうしたの⁉」

「谷、やめろ」

岩本さんも飛んでくるが、楓はつかんだ手を離さない。

「岩男は関係ないでしょう⁉　なによ。みんなして、悪いのはあたしじゃないって」

「だからって暴力はダメ！」

必死で叫ぶが、楓は興奮状態で高橋さんの胸倉《むなぐら》をつかんだ。

「あんたのせいで、どれだけ未来が傷ついていると思ってんのよ！」

急に出た自分の名前に思わずフリーズしてしまった。

「え、私？　なんで……」

高橋さんと目が合う。怯《おび》えた瞳が揺れたかと思うと、高橋さんは思いっきり楓を突き飛ばした。あっけなく床に転がる楓と岩男――岩本さんを振り返ることなく、高橋さんはダッシュでロビーを駆け抜けていった。

「待ちなさいよ！」

立ちあがった楓を絵理奈が止めた。

「どいてよ」

「どかない。もういいから」

「よくない。こんなの全然よくないじゃない！」

楓は泣いていた。メイクが崩れるのも構わず、まだ追おうとしている。

「谷、いい加減にしろ！」

ぽかんとする私を置いて、楓は岩本さんによって強制的に連れられて行ってしまった。

興味深げに遠巻きに見ていた人たちも、外へ流れていく。

どうして楓は泣いていたのだろう。どうして高橋さんを責めていたのだろう。たくさんの『どうして』の嵐が巻き起こっている。


ロビーにあるソファで楓を待つ間、絵理奈が話してくれた内容は、私の予想ともれなく一致していた。

絵理奈が図書館で見かけたという、龍介と一緒にいた女性。それが高橋さんだったと言うのだ。絵理奈は会の終盤、高橋さんがいることに気づいていたそうだ。

「メイクが全然違うから確信を持てなかったんだけど、トイレから出て来たあの子は、やっぱり図書館で見たのと同じ女性だった。そのことをロビーに出て来た楓に伝えちゃったの」

「うん」

「あの子、あっさりと『図書館にいましたよ。彼氏と一緒でした』って認めたの。彼氏の名前を聞いたら『龍介ですが、なにか？』って。一秒後に楓が激高して、あとは未来も見てたとおり」

ロビーにはもう私たち以外、誰の姿もない。照明もほとんどが落とされ、音楽も止んでいる。

「人の彼氏を奪っておいて、よく婚活パーティに来られたよね」

まだ怒りの収まらない絵理奈に、うなずいてから目を伏せた。

「でも、さ……不思議なんだよね」

「なにが？」

「高橋さん、全然悪い人に見えなかった。天真爛漫《てんしんらんまん》で素直で、むしろいいイメージだったんだよね」

恋人がほしくて婚活パーティに参加している、という話がウソには思えなかった。なにかの間違いのような気が、今もしている。

絵理奈は足を組み、「あのね」と私の顔を覗き込んだ。

「悪人が、いかにも悪人って顔だったら誰も近づかないでしょ。むしろ、そういう人って善人の仮面を貼りつけているものなの。もちろん、彼女のすべてが悪だとは言わない。人は、善と悪の両方を持っているものだから」

「なんか、人って見た目ではわからないものなんだね」

「そんな他人ごとみたいなこと言って。当事者なんだから、しっかりしなさいよ」

いつだって絵理奈は私の気持ちを軌道修正してくれる。高橋さんと話をしたのは数分のことだったし、たしかにそんな短い時間ですべてがわかるわけがないよね。

「高橋さん、楓に詰め寄られてるとき、すごく驚いた顔をしてたね」

「自分が奪った男の彼女と鉢合わせるなんて思わないよね。図書館デートもバレてないと思ってたんでしょ。この町は狭いからさ、こんなこともありえるよ。高橋満里奈、ね。楓に言って次回からは出禁にしてもらわなくちゃ」

ふいに絵理奈が「でも」と空気を吐くように声を落とした。

「ひょっとしたらあの子も知らなかったのかも。今はどうかわからないけれど、最初は龍介さんに彼女がいることを知らされてなかったのかもしれない」

龍介に限ってそんなことはない。彼はウソは苦手だし、浮気するくらいなら先に別れるって言っていたから。

もう、そんな防御は意味がないんだと知った。現実は自分の見えていた世界とはずれていた。それを認めないと……。

しゅんとする私の肩を絵理奈が抱く。

「だとしたら、あの子もかわいそうだよね。一旦好きになったら、もう歯止めが利かないものだから。なによりも、未来が心配だよ」

カッカツと足音が聞こえた。見ると、大股で楓が歩いてくる。その顔は照明のせいでうまく見えないけれど、まだ怒りに満ちていることは容易に想像できた。あ、やっぱり怒ってる。

「最低最悪」

現状を端的に表したあと、楓はバッグを捨てるように床に投げ、なぜか絵理奈の前で仁王立ちをした。

「岩男に散々怒られた。明日から処分が決まるまで自宅で謹慎だって」

「謹慎……。なんか、ごめんね」

謝る私に反応することなく、楓は絵理奈をじっと見下ろしたまま。

「なんで？」

「なにがよ」

目線を伏せたまま絵理奈が答える。

「なんで、あの満里奈って子をかばったの?」

「そんなつもりないよ」

「あるよ。友達の恋人が奪われたんだよ。なのに、あんた必死であの女をかばってたじゃない」

「大ごとにならないようにしたかっただけ。むしろ、楓をかばってたんだよ」

楓はキュッと口を閉じた。それはまるでこぼれそうになる『言ってはいけない言葉』を押しとどめているみたいに思えた。

「少し飲みにでも行かない?」

避けるように立ちあがる絵理奈に、

「ねえ」

と楓が通せんぼをした。

「ずっと聞きたかったことがあるの。噂で聞いてたんだけど、そんなことあるはずないって信じてた。でも、聞かせて。もちろん、あたしたちにウソだけはつかないで」

「………」

「絵理奈、勤めている病院の院長先生と不倫してるの？」

突拍子もないことを言いだす楓。さすがに放っておけず、「ちょっと」と口を挟んだ。

「いくらなんでも失礼でしょ。やめなよ」

「あたしの友達が絵理奈の病院で出産したの。そのときに看護師さんたちが噂してるの聞いたんだって」

「だからって――」

「あたしもただの噂だって信じてた。でも、さっきの絵理奈の態度を見てたら疑うしかない。絵理奈、あたしを止めるときに思わずって感じで言ったんだよ。『しょうがないじゃない』って。それって、高橋さんを庇護してるってことだよね」

絵理奈はじっとうつむいたまま、しばらく黙っていたがやがて首を横に振った。

「今日の楓と話をする気にはなれない」

「あたしも同じく」

そう言うと、ふたりは別の出口へ向かって行った。まるで競い合うように早足で出ていくと、ロビーには私だけが残された。

長年の経験で、私も楓も分かってしまった。

きっと、絵理奈の噂は本当のことなんだって。

龍介の住むマンションに着く頃には涼しい風が体を冷やしていた。季節が少し戻ったような気温にさえ、くじけそうになる心を奮い起こす。

夜に満たされた空には、薄《うっす》らと月が見えている。満月に向かって膨らむ月から目を逸らし自動ドアをくぐる。オートロックではないマンションなので、そのままエレベーターに乗り五階のボタンを押す。

頭がまだ混乱している。エレベーターが上昇する浮遊感に身を任せながら頭を整理しようと試みた。

全部、なにかの間違いだ。高橋さんのことも、楓の言っていた絵理奈のことも、私の確信も。

軽いバウンドとともにエレベーターは五階に到着した。いちばん奥にある龍介の部屋を目指す。が、足が勝手に止まってしまう。

『しばらくの間、距離を置きたいんだ』

そう龍介は言っていた。たくさんある未確定情報の中において、これだけは事実のこと。

今日ほど感情が動かされる日はない。そして、これから最大級の衝撃に備えなくてはならない。装備はボロボロで、立ち向かえる技すらない状態。

なるようになれ、と龍介の部屋の前まで行き、インターホンを鳴らした。

「開いてるよ」

龍介の声にドアを開けた。昼と同じジャージ姿の龍介。その横には、よく知っている引っ越し業者名が印刷された段ボールが積みあげられている。

「散らかってるからここでいい？」

「あ、うん。……引っ越すの？」

しばらく距離を置く、の意味はひょっとしたら物理的な距離のことを言っていたのかもしれない。わずかに希望の光が見えた気がした。

「すぐにじゃないけど、ぼちぼち引っ越す予定なんだ。ちょっとやりたいことができてさ」

「そう」

知らないことばかり。知らない龍介が増えていく。

「ぜんぶリセットしたいんだ。ごめん」

「そう、なんだね」

距離を置く、じゃなく、別れたい。これが今日の話だったんだ。分かっていたけれど、実際に言われるとショックは大きかった。真冬の海に放り出されたみたいに体が冷たく、踏ん張っていないと足元から崩れてしまいそう。

「合鍵、返してもらっていい？」

右手を差し出す彼に、もう希望の光はないことを知る。震える指がバレないよう、うしろ向きでキーホルダーから鍵を取り出した。

鍵を渡すと、龍介はいつもみたいにふにゃっと笑う。

「ありがとう。仕事が忙しいと思うけど健康には気をつけて、元気でな」

本当は聞きたかった。『私たちはもう終わったの？』って。二年間つき合って結婚の約束もしたのに、こんな感じで……。

ふと、彼の顔を見て気づく。龍介は下の唇をギュッとかんでいた。迷ったり悩んだり不安なときはいつもこんな顔をしていた。だとしたら、まだチャンスはあるのかもしれない。

「あのね、龍介――」

部屋のチャイムが鳴りドアが開いた。ふり返ると、そこに立っていたのは――高橋さんだった。

さっきトイレで会ったときよりもさらに濃いメイクで黄色のワンピースが目に眩《まぶ》しい。

やっぱり彼女がそうだったんだ……。呆然と立ち尽くす私を押しのけるように、高橋さんは靴を脱いで中に入った。

「満里奈、中で待ってて」

不自然なほど龍介の声が上ずっている。ああ、やっぱり彼は浮気をしていたんだ……。

「龍介、あんたって最低」

アニメ声はどこへやら、低い声でそう言うと高橋さんはリビングへ消えた。龍介はなにも言わない。まるで察しろとでも言うように私の目を見てくる。

こんな冷たい顔、見たことがなかった。見たくなかった。

「今までありがとう」

なんとか絞り出す言葉に、龍介はうなずくと靴箱の上にある段ボールを指さした。

「これ、未来の荷物。今度宅配便で送るよ」

「大丈夫。今、持って帰るから」

それが私たちの最後の会話だった。

気づけば私は、段ボールを両手に抱えたままタクシーに乗っていた。窓越しの空には、さっきよりも色を濃くした月が浮かんでいた。

青い海が部屋を浸している。窓を開けたまま寝てしまったのだろう、カーテンの揺れにシンクロして、天井に光の線が描かれている。

薄暗い天井は、深い海の底に私を誘《いざな》う使者。いつものように腕を伸ばしてみる。

私はなにをつかみたかったのだろう？

今となってはもうわからない。年を取るたびに失うものが増えていくようだ。すべて手放したときにこの命も尽きるのだろうか。

ベッドから体をはがせば、部屋の隅に置かれたままの段ボール箱に目がいく。失恋の痛みよりも疲れのほうが強かったらしく、中身を確認することもなく寝てしまった。

時計を見ると朝の六時前。一階から、朔が泣く声がしている。どうやら昨日も泊まったらしい。

階段を下りリビングのドアを開けると、椅子の上にあぐらをかいた陽菜乃がいた。

「なに？」

Tシャツに半パン姿の陽菜乃がにらんでくる。

朝一でケンカを売られた気分だ。床では朔がこの世の終わりかというレベルで泣き叫んでいる。

「別になんにもないけど」

「言っとくけど、子供だから泣くのはしょうがないの。お姉ちゃんには分からないだろうけど」

なるほど、朔の泣き声に文句を言いに来たと思われたらしい。

「そういうんじゃないし。シャワーの前にコーヒーを淹《い》れに来ただけだから」

着替えを見せると、陽菜乃は口の動きだけで『なんだ』と言ってから、

「朔うるさい！」

まだ泣いている朔を叱る。怖い夢でも見たのか、朔の泣きかたがいつにも増してひどい。こういうとき、やさしい言葉をかけてあげられる大人になりたかった。実際は、当たらず触らずの距離で朔と接している。

気づかないフリでコーヒーマシンをセットしてからシャワーを浴びた。熱めのシャワーで、悲しみも怒りももどかしさも流してくれればいいのに。現実はそんなに甘くはなく、ジンジャーシロップみたいに辛口でまとわりつき流れ落ちてくれない。

小楠家の通夜は明日。祝日である今日は、通夜の打ち合わせがあるだろう。静岡葬祭のスタッフが行く前に顔を出したかった。

楓と絵理奈にも連絡して、夜にでも会えたらいいな。

これまでも三人で気まずく別れることはたまにあった。楓が機嫌を損《そこ》ねて帰ったり、絵理奈がズバッとものを言い過ぎたせいでぎこちなくなったり。でも、昨日みたいに重い別れは一度もなかった。

絵理奈が不倫をしているのは本当のことかもしれない。だとしたら、自分から話せるようになるまで待っていたほうがいいだろう。

ほかの人の心配をしていれば、自分の悲しみをその間だけは忘れられる。なのにドライヤーをかけるころには、龍介の言葉が頭でリフレインをはじめていた。しばらくの間、こんな風に思い出すたびに胸を痛め、傷が癒えるのを待つしかないのかもしれない。

身支度を整えリビングに戻ると、朔はソファでぐっすり眠っていた。椅子の上で両膝を抱える恰好で陽菜乃がコーヒーを飲んでいる。

「新しいコーヒー淹れといたから」

「ああ、うん」

コーヒーマシンのサーバーには、私が淹れるのより薄い色のコーヒーが湯気を立てていた。

同じテーブルにふたりきりで着くなんて、いつ以来かも思い出せないほど。カーテンの開かれた窓の向こうにある空は薄い青色。今日も暑くなりそうだ。

「なんか、あった？」

つまらなさそうにスマホをいじくっていた陽菜乃が、画面に目を落としたまま尋ねた。

「……え？」

まさか龍介のことを知っているのだろうか。驚く私に、陽菜乃は時計をあごで指した。

「だってこんな早い時間だし。営業には早すぎるっしょ」

「小楠さんの娘さんが亡くなったんだよ」

仕事のことかと胸をなでおろしながら答える。

「かわいそうに、朔と同い年なのにね。お通夜は明日で、葬儀会社は静岡葬祭になったって聞いてるけど？」

「直近まで相談に乗ってたわけだし、なにか手伝えることがあるかもしれないから」

呆《あき》れた顔で陽菜乃がスマホをテーブルに置いた。

「静岡葬祭と顔を合わせないようにわざわざ早起きしたってこと？　頼まれてもいないのに行くなんてお姉ちゃんらしいね」

「ほかにも用事があるからついでにね」

そんな予定もないのに言い訳を口にした。

「静岡葬祭、町内会にも顔を出すって噂があるよ。檀家を取り込むつもりみたい。お姉ちゃんもしっかりしなきゃ」

そう言われても葬儀は専売特許ではないし、厳密に言えばうちではなく吉大寺の檀家さんだ。それを言えば、倍で返されることはわかっているので、黙ってコーヒーを飲んだ。

ぐわんとテーブルが急に近づいた気がした。たまに起きるめまいには、学生時代から悩まされている。理由はわかっている。心が弱くなっている時に起きるから。

「がんばらないとね」

自分に言い聞かせるように口にしたけれど、もう陽菜乃は興味なさげにスマホの世界に戻っていた。

部屋に戻り、スマホを充電器から取り外した。めまいはずいぶん治まっているが、いくらなんでもこの時間から訪問するのは非常識だろうから少し時間を置こう。

部屋の隅に置かれた段ボールを引き寄せる。スウェットやTシャツ、ハーフパンツがきれいに畳まれて入っている。その下にはメイク道具などの化粧品がポーチに収められていた。横には単行本が一冊。龍介の家に泊まった日にだけ読み進めていた小説は、毎回数ページ戻って読み直すほど頭に入っていなかった。本の存在すら忘れていたほど。

本の間に折れたはがきが挟まっていることに気づいた。

きっと渡し忘れていたのだろう。はがきの中にいる龍介は、まだ昨日の別れを知らず、愛を語っていた。

未来へ

昨日叔父さんが亡くなったんだ。
身内だけの葬儀に参列しながら、未来のことを考えてた。
がんばっているのかな、笑顔でいるのかなって。
少し前に話したけれど、俺には両親もいないし早死の家系なんだ。
君に出会って、俺は命の終わりが怖くなった。
だから、会える日は未来との時間を大切に思う。
余計な心配かけてごめんね。

半田市のホテルにて　龍介

第四章　祭は終わった

菊川市と御前崎市の境である高台に小楠家はある。檀家さんでも遠方に位置し、車でも三十分はかかってしまう。

駐車場に車を停めて外に出ると、はるか先に海の青色がキラキラ光を反射していた。東に目をやると、遠くに富士山が姿を現している。

梅雨明け宣言もされ暑くなりそうな今日も、莉緒ちゃんを見送ることを考えるとどこか悲しい。

あんなに早起きしたのに、小楠家に顔を出すのは明日の通夜だけにしようと考えを改めた。陽菜乃に言われたことが原因かもしれないし、龍介からのはがきを見つけたことも、さらには体調が悪いこともそのひとつ。

ベッドにもぐりこんだ途端、秀美さんから電話がかかってきた。ご主人と静岡葬祭の間でトラブルが起きたという連絡だった。

玄関近くに、長テーブルと椅子が置かれていた。通夜の準備のためだろう。

インターホンを鳴らし、ドアを開けると秀美さんが小走りにやってきた。

「ごめんなさい。朝からお呼びしてしまって……」

「いえ。この度はご愁傷様です。ご無念でございましょう。心よりお悔み申しあげます」

お悔みを言いながら気づく。目の下の隈《くま》、乱れた髪、力の抜けた体、秀美さんはかなり疲労を濃くしていた。

「おあがりになってください。実は、主人が——」

スリッパを用意しようとした秀美さんの向こうで、

「おかしいだろ！」

と、怒鳴る声がした。ご主人である剛《たけし》さんの声だ。菊川銀行の本店に勤務する剛さんとは、父が住職だった時に何度か顔を合わせたことがある。普段は真面目で無口な彼だが、遅くに生まれた莉緒ちゃんを溺愛《できあい》していたのは覚えている。

そっと自分の背中を二回叩いた。大丈夫、ちゃんと向き合えるはず。

リビングに入ると、テーブルで向かい合って座っている剛さんと猪狩さんがいた。テーブルの上には資料が散乱していた。

剛さんは私を認めると、軽く頭を下げてから猪狩さんに視線を戻す。

「最初の説明とあまりにも違う。こんなに別料金がかかるなんてひと言も説明がなかった」

資料を人差し指で叩く剛さんに、猪狩さんは頭を下げた。

「こちらの説明不足で申し訳ありません」

「どうぞお座りになってください」

秀美さんが猪狩さんの隣の椅子を引いた。猪狩さんはそこで初めて私が来ていることに気づいたようだ。ホッとしたような、ムッとしたような表情を浮かべている。

秀美さんはお茶を淹れに行き、剛さんは資料を私に見えるように置き直した。

「わざわざ来てもらってすまないね。どうしても納得できないことがあって、藤原さんの意見が聞きたかったんだ」

剛さんはじっと猪狩さんを見たまま続けた。

「資料に書いてあるから、じゃ説明不足だろ。君たちにも説明義務はあるはずだ。パンフレットに記載してある金額の倍以上で見積もりを出されても困るんだよ」

「おっしゃるとおりです」

猪狩さんにつられて頭を下げてしまった。慌てて背筋を伸ばすが、一緒に怒られている気分なのは否《いな》めない。

見積もり書に目をやると、剛さんの怒りもわかる気がした。いちばん高いプランを選択したらしく、基本料金は四十万円。そこに自宅での通夜代や斎場使用料金などを含む『葬儀一式費用』がかかっている。解せないのは『その他経費』の項目。六十万円以上が乗せられている。

ほかにも火葬代や飲食代を合わせると相当な金額が小さく印字されていた。家族葬にかかる費用の平均は百万円弱と言われているが、これでは一般葬の平均金額を超えている。

「これに和尚さんへのお布施や返礼品もかかるんだろう？　だったらなぜそれを説明しないんだ」

「申し訳ありません」

どんな顔をしているかわからないけれど、神妙な声で猪狩さんは同意を示した。

「俺は値段のことを言ってるんじゃない。やりかたがおかしいと言っている。家族の悲しみにつけ込んで搾取するのが君たちの会社のセオリーなのか？」

「いえ」

「俺は……」と声を詰まらせた剛さんがテーブルの上に置かれた一枚の写真を見た。莉緒ちゃんが満面の笑みで私を見ていた。

「莉緒をちゃんと見送ってやりたい。なんで水を差すようなことをするんだよ」

湯呑《ゆのみ》がそっと目の前に置かれた。秀美さんはそのまま剛さんの隣に腰をおろした。表情は無だ。悲しみや憤《いきどお》りに動けなくなった人は、こういう表情をすることがある。受け入れられない現実をシャットアウトしようと、体が拒否反応を示しているのだろう。

「お言葉ですが――」

言いかけた猪狩さんの太ももをとっさに叩いていた。ハッと口を閉じた猪狩さんに目だけで『ダメ』だと伝える。『お言葉ですが』はこういう場面では使ってはいけない言葉だから。

「剛さん、秀美さん。第三者として私の気持ちをお話しさせてもらっていいですか？」

一度、状況を整理する必要があると思った。目の前のふたりはなにも言わないけれど、聞く姿勢にはなっていると判断した。猪狩さんは、真面目な表情でうなずくけれど、心中は複雑そうだ。

「たしかにこのパンフレットに記載されている基本料金は、通常より安く感じると思います」

「家族葬であってもいい葬儀にしてやりたかった。なのに――」

「ですが」と剛さんの言葉をあえて遮った。

「ここに記載されているとおり、あくまで基本料金です。ここに葬儀一式費用が加わることになります。静岡葬祭さんではここに火葬代などは含まれておりません。また、その他経費という項目も高めに設定されています」

「だろう？　こんな小さい字で書かれてもあと出しじゃんけんみたいなもんだ」

憤慨する剛さんの気持ちは理解できる。私だって初見では値段が安くなったのかと勘違いしたから。

「静岡葬祭さんから、ご予算を尋ねられませんでしたか？」

「いや」

「それはよくないですね。概算を出してもらっていたなら、こんなことにならなかったのではないですか？」

猪狩さんに問うがなにも答えない。彼には彼なりの『お言葉ですが』があり、それはおそらく、剛さんが『いい葬儀に』と希望したからだろう。ある程度の金額でいい内容の葬儀にしたい剛さんと、金額が高いものを推した猪狩さんの間で解釈の相違があったんだ。

剛さんがパンフレットを脇へ追いやると、秀美さんに「なあ」と声をかけた。

「俺は、信頼できない相手には頼みたくない。今から藤原さんとこに変えてもらうか」

なんと答えていいのか分からないのだろう、秀美さんは曖昧《あいまい》に首をかしげるだけだった。もちろん今からでも葬儀会社の変更はできるが、そうなるとキャンセル費用が発生してしまう。

「聞いてください。今回の家族葬は、自宅での通夜と会場での葬儀、ふたつの会場が指定されています。これについては、パンフレットに記載されている別途費用が含まれます。葬儀一式費用が高いのはそのためです」

「ああ、たしかに」

同意を示した剛さんはさっきより少し落ち着きを取り戻している。

「私はこのまま静岡葬祭さんで執り行ったほうがよいと思います。ただし、今一度かかる費用について精査する必要があります」

静岡葬祭のパンフレットを広げてふたりの前に差し出した。

「祭壇や献花は、こちらのほうにしてはいかがですか？　十分にすばらしい内容です。あと、気になるのはスタッフ人数です。自宅で通夜をおこなうなら多すぎます。お手伝いの方の名簿は……ああ、これですね。その方たちに受付や誘導をお願いするのはいかがでしょうか」

両腕を組んで剛さんは見積もりをにらんでいる。

「あの」と猪狩さんが言葉を発した。

「私どもの理解不足で大変ご迷惑をおかけしました。今一度、莉緒さんにふさわしい葬儀になるよう見直しをさせてください」

「しかし、なあ」

まだ眉間にシワが寄っている剛さんに、秀美さんがうなずいた。

「莉緒を見送ることこそが、私たちがしなくてはならないことでしょう」

「そうですよ」と私も援護射撃をする。

「莉緒ちゃんが安心して旅立てるよう、見積もりの再作成をしましょう」

ため息をついた剛さんが、うなずいたのはその三秒後だった。


「それじゃあ、ありがとうございます」

玄関先で見送ってくれた秀美さんは、さっきよりも穏やかな表情になっていて安心した。少なくとも葬儀の心配ごとが減っただけでも、ホッとしたのだろう。見積もりを取り直すのに一時間、手配に三十分かかって、ようやく小楠夫婦は静岡葬祭での葬儀に了承してくれた。

駐車場へ歩いていくと、さっきよりもまぶしい世界があった。車のキーを探す私に、猪狩さんは腰を折った。

「申し訳ありませんでした」

「いえ、無事に決まってよかったですね」

「藤原葬祭さんではなくうちのままでやることになってしまいました」

顔をあげた猪狩さんが珍しく翳った顔をしている。

「ご家族様が穏やかな気持ちでお別れができるなら、それが一番じゃないですか」

それでも猪狩さんは難しい顔を崩さない。おそらく彼はきちんと料金説明をしたのだろう。けれど、ふたりの頭に届いてなかったのだ。

混乱状態においてはよくあることで、葬儀のあとになり文句を言われることはうちでもある。

もしくは、私が来たことがおもしろくなかったのかもしれない。

「安心しましたか？」

考えるよりも先に尋ねていた。

「え？」

「初めてお会いした時におっしゃってたじゃないですか。どれだけすごい営業担当がいるかと思ったらあなたで安心しました、みたいなこと」

病院での会話を思い出す私に、猪狩さんは顔をしかめた。

意地悪だとは自分でも思う。けれど、これくらいは言い返していいだろう。

「先日は言葉が過ぎたと思います」

静岡葬祭は……いや、猪狩さんはうちの会社をつぶすつもりでやっている。それは本気だろう。

「過ぎてはいないんじゃないですか？　先日、二橋院長に『出禁』を言い渡されました。あれも、あなたが仕向けたんですよね」

今でも静岡葬祭だけは飾り花の入れ替えやマットの清掃で出入りしていると聞いている。ついでに医師や看護師に会っているとも。

二橋院長は、静岡葬祭だけを例外として受け入れたのだ。

「あの……」

いつもより気弱な口調の彼を信用することはできない。そう、誰かを信じて裏切られるのはもうたくさんだから。

「次の予定があるので失礼します」

にこやかに言えた自分を褒めてあげたい。

車に乗りエンジンをかけると、市内に向け車を走らせた。

フロントガラス越しでも、太陽は攻撃するように強い光を放っていた。

喫茶店のドアが開き、十分遅れで楓が姿を見せた。すぐに、楓の悪い癖も目に入った。バッグと一緒に、ルイ・ヴィトンの紙袋を持っている。

自分でも承知しているのだろう、隠すこともなく「スカーフ」と宣言してから目の前の椅子に腰をおろした。

「だってやってらんないじゃん。こっちは謹慎中なんだからさ」

「別に責めてないよ。楓が謹慎をくらったのは私のせいなんだから」

婚活パーティでのもめごとが原因で謹慎四日目の楓。明日からは復帰できるそうだけれど、責任を感じずにはいられない。

「気にしないで。謹慎って言っても名目上なだけ。実際は有休消化だから。岩本さんが上に掛け合ってくれたんだって」

いつの間にか呼びかたが変わっている。楓なりに、上司に感謝しているのだろう。

楓はアイスコーヒーを頼んだあと、手鏡を取り出し前髪の角度をいじくり出した。

「未来はどうなの？　小楠さんの葬儀は終わったの？」

「さっき終わったよ。急に呼び出すから、慌てて家に戻って着替えてきたところ」

「悔しいけど、すごく似合ってる」

メイクや髪型を直す時間はなかったけれど、いつも地味だと言われ続けたからブルーのワンピースを着てみた。慣れていないので、しっくりこないけれど楓の服装チェックには合格したらしい。もちろん、いつ呼ばれてもいいように着替えは車の中に用意してある。

「もうすぐ絵理奈も来るから」

パタンと鏡を閉じる楓。

「呼んだの？」

ぎくしゃくしてから連絡をしていないのかと思っていた。にしても、まだ午後三時過ぎだ。定時まで二時間以上もある。

「当たり前じゃない。この間の真相をたしかめなくちゃね。メールしたら、今日は休みなんだってさ」

「そうなんだ」

「今日は絵理奈だけじゃないよ。あたしも未来もそれぞれに暴露をする日なんだからね。ありがと」

最後のはアイスコーヒーを運んできたバイト君への言葉。

「暴露大会って言っても、私のは特に――」

「まだ言わないで。三人揃ってから告白し合うんだからね」

　楓は昔から私たち三人の接着剤みたい。ぎくしゃくすると、暴露大会を開催したりバッティングセンターに連れて行ったり、カラオケで失恋ソング縛りで三時間歌ったこともあった。

　ドアが開き、絵理奈が店に入って来た。あ、緊張してるなってすぐに分かる。絵理奈は資格を取るためのテスト日や、大事な出産がある日はメイクが濃い。普段はすっぴんに近いから余計に目立ってしまう。

「ちょっとブルーのアイシャドウはやり過ぎじゃね？」

　ニヤニヤ笑う楓に、

「うるさい。たまにはいいでしょ」

　なんて澄ましている。内心、これから聞かれることにドキドキしているんだろうな。アイスティーを注文すると絵理奈は私を見る。

「小楠さんのお葬式、どうだった？」

「うん。無事に終わったよ」

　葬儀は家族が故人に別れを告げる式。スタッフとして参加しているときは感じることのないリアルな悲しみを感じた。小楠夫妻は最後まで立派に参列者に挨拶をしていた。

「家族にはつらすぎるよね」

しんみりとこぼす絵理奈に楓が首をかしげた。

「絵理奈は参列してないの？」

「してない。うちの産婦人科、そういうのNGなんだよ」

最近では出産後に結婚式をあげる夫婦も多いらしい。無事に出産できた礼として誘われることもあるらしいが、禁止されているため断っているそうだ。

「葬儀でも？」

「葬儀は特にダメだと思う」

意味が分からない、と眉をひそめる楓に絵理奈は「ほら」と声量を絞った。

「無事に産まれてくるケースばかりじゃないんだよ。死産とか、産まれてすぐに亡くなることもあるから。助産師って言うと『幸せな瞬間に立ち会える仕事ですね』なんて言われることもあるけど、そればっかじゃないんだよ」

「ええ、そうなの？」

「この説明、楓にはこれで何回目かだけど？　無事に産まれるのが当たり前、っていう雰囲気だからそう思われがちなんだよね」

納得したように楓は二回うなずいてから、コホンと咳《せき》ばらいをした。

「では、これより暴露大会をはじめます」

「だと思った」

呆れ顔を作る絵理奈の顔が、若干こわばっている。先日、楓が言っていた噂は本当だろうか……。

「じゃあ、まずは言い出しっぺのあたしからね」

楓がバッグを開けると、文字が印刷されているA4の用紙をテーブルに置いた。ふたりで覗き込むと、それはクレジットカード会社の明細だった。

今月末の支払い予定額が……十二万円もある。

「リボ払いでもこの金額なの。支払いが終わるのは数年先という地獄」

「それなのに、それ？」

今日の戦利品である紙袋に目をやる私に、楓は当たり前のようにうなずいた。

「これは来月から支払い開始。前に買ったグッチのバッグが今月で支払い終わりだから、入れ替えって感じ」

あっさりしている楓に、絵理奈が「待って」と言った。

「グッチのバッグなんてほとんど使ってないじゃない。ほかにも使わなくなったブランド品たくさんあるでしょう？　売るとかできないの？」

「そういうんじゃないんだよねー。所有しているってことが大事だからさ」

まるで自分のことではないような言いかただ。絵理奈と目が合い、ふたりして黙っていると、楓が「もう」と不満げに声を出した。

「別にふたりに意見は求めてないって。ただ、暴露するだけの会なんだからね。ふたりだって、暴露したあと色々言われるの嫌でしょ」

たしかに、と納得する。たまに開催される暴露大会は、いわば教会で神父に罪の告白をしているようなもの。罪を責められるためじゃなく、受容し許してもらうのが目的だ。

「あたし、ブランド依存症と言うよりも、買い物依存症の気《け》が強いみたい。夜になるとネットショッピングとか何時間も見ちゃうの。家に帰って宅配便の不在票があるとうれしいし、段ボールを開けるときはアドレナリンが出ちゃう」

「ああ、それわかる」

私も満たされない一日を補うために、スマホで動画を見続ける夜がある。

「毎月の支払いがヤバいのは分かってても、クローゼットに並ぶブランド品が放つ幸福感に負けちゃうんだよね。でも、これからは気をつける。って、毎回言ってるけど。ということで、あたしの暴露は以上となります」

軽くお辞儀をしてみせると、楓は私と絵理奈を交互に見た。次の告白者を待っているのだろう。絵理奈が小さく右手をあげた。

「じゃあ、次は私ね」

アイスティーを飲んで、絵理奈はたっぷり間を取ってから言った。

「こないだ楓が言ってた噂だけど、あれ、ウソだから」

「じゃあ……院長先生と不倫してないってこと？」

右手を胸に当てる楓に、絵理奈は目を伏せた。

「院長先生とはしてない、ってこと。うちはほかにもドクターが何人かいて、そのひとりと……なんだ」

「ああ」思わずこぼれる声を意識して止める。絵理奈は「ごめん」と小さく言った。

「ダメなことって分かってる」

絵理奈は男性嫌いで有名だ。結婚願望もないし、恋に悩んでいる私たちにもズバズバ意見を述べる。そんな絵理奈が不倫をしているなんて想像がつかない。

「えらいぞ、絵理奈。よく正直に言ってくれた」

楓が冗談めかして言うが、絵理奈はテーブルを見つめたまま。

「みんなが噂してるのも知ってるけど、院長先生とだって勘違いしてる。だからいい、ってわけじゃない。相手は結婚してる人だし」

自嘲するように笑う絵理奈に、楓が「もういいよ」と言った。

「暴露は十分。あたしたちにはなにも言えないけど、話してくれてうれしいよ。ね？」

まっすぐに私を見つめる楓にうなずく。けれど、胸の奥がざわざわしている。それは……。

「ごめん。私は理解できない」

「未来、それはルール違反。暴露大会では――」

「分かってる。でも、やっぱり受け入れられないよ」

なんとか遮ろうとする楓を無視し、うなだれている絵理奈に顔を向けた。

「一般常識がどうのとかじゃなくて、私自身がきっと相手の奥様の立場に近いからかもしれない。奥様の気持ちを考えたら、とても受け入れられないよ」

さっきのざわざわが一気に口から言葉になってあふれていく感覚だった。

「婚活パーティのあと、龍介のマンションに行った。予告編のとおり、別れを告げられた。理由は言われなかったけれど、話をしている時に高橋さんが部屋に来たの。だから、そういうことなんだと思う」

「マジで⁉」

驚く楓にうなずく。

「高橋さんの立場が絵理奈ってことでしょう？　しかも相手は結婚してる。それはダメだよ」

「そうだよね……」

ゆっくり首を横に振る絵理奈。

「いつの間にか誰かを傷つけてるかもしれない。悲しい想いをさせてるかもしれない。友達だからこそ、応援できないよ」

絵理奈が急にポケットからなにかを取り出し、テーブルに置いた。それは五百円玉だった。

「きっとそう言われると思った。最低なのは分かってるから。でも、ちゃんとふたりに話せてよかった」

立ちあがる絵理奈の腕を、楓がつかんだ。

「離して」

顔を背ける絵理奈を強引に座らせると、楓はなぜかニッと笑った。

「ここまでは想定内なんだよね。暴露大会は一応終了。まとめると、あたしは買い物依存症で、絵理奈は不倫、未来は失恋ってこと」

「お願い、帰らせてよ」

手を振りほどこうとする絵理奈を肩ごと抱くと、楓は「聞いて」と言った。

「これから二次会に行くの」

カラオケにしても飲みにしても、そんな気分にはなれない。絵理奈に言った言葉は私の本心だし、撤回するつもりもない。友達だからこそ、不倫を応援することなんてできないよ。

「いいから、聞いて」

と、楓はバッグのなかから黄色いものを出した。テーブルに置かれた黄色いものに顔を近づける。革製のパスケースらしいが、かなり汚れていて縫製もほつれている部分が目立つ。

横目で確認した絵理奈から体の力が抜けるのが分かった。

「あたしたちの友情は永遠なの。お互いに納得できないことがあったなら逃げずに三人で解決しなきゃ」

「これがどう関係するわけ?」

絵理奈がパスケースをひっくり返すと同時に楓が隠すように手で押さえた。

「着いてからのお楽しみ。てことで、助手席で道案内してあげるから絵理奈の車で行こう。未来は後部座席ね」

バッグにパスケースをしまう楓に思わず絵理奈と顔を見合わせて、すぐに目を逸らす。

やっぱり普通になんてできそうもない。

「ほら、準備して。二次会に行くよ」

楓の言うことは絶対だ。どんなに反対しても、一度として聞いてもらったためしがない。レジに向かっていく楓にため息をつき、のろのろと準備する。

「未来、ごめんね」

小声で謝る絵理奈の声は聞こえていた。少し遅れて答える。

「私もごめんね」

受け入れられなくてごめんね。許せなくてごめんね。

しっかりしなくちゃ、と手を背中に回してポンポンと二回叩いた。大丈夫、大丈夫だよ。

そうしてから気づく。この魔法はもう効果がないんだ、と。

教えてくれた人の心は、もう遠く離れてしまったのだから。

絵理奈の車には久しぶりに乗った。ハイブリッド車なのは知っていたけれど、こんなに静かだとは思わなかった。

車内には楓の「そこを右」「あ、違った。じゃあその先を左」という道案内の声がするばかり。

「ねえ、どこに向かってるのよ」

たまに絵理奈がしびれを切らしたように文句を言っている。

後部座席から景色を眺める。

菊川市は不思議な場所だ。それなりに店が並ぶ道を走り、新加茂橋《しんかもばし》という名の短い橋を渡った途端に景色はがらりと色を変える。一面に広がる田んぼ、その先には上り坂が現れる。下りた先には遥《はる》か広がる大地と大きな空が待っていた。

空の青がまぶしくて目を伏せた。

小笠《おがさ》図書館を過ぎた四つ角で左折した車は、川沿いの細い道を走る。右手に中学校の建物が見えた。

「もう少し先かな」

ナビ代わりにスマホを見ながら楓が指示している。

「あ、ここだ」

「ここ？」

絵理奈が音なく停車させ窓を開けた。私の席にも七月の熱気が押し寄せてくる。

「このアパートのこと？」

「たぶんそう。ここじゃ目立ちすぎるから、駐車場のはしっこに移動して」

「目立つってなによ」

文句を言いながら、絵理奈はアクセルを踏み車を移動させた。正面にアパートの階段が見える。手すりも階段も見事に錆《さ》びており、元々は白かったであろう壁はまだらな染み模様がついている。相当築年数が経過してそうなアパートだった。

そろそろ楓にネタバラシをしてもらわなくちゃいけない。

「ちゃんと説明してよね」

ツンツンと肩をつつくと楓は再度パスケースを指の間に挟んで私たちに見せてきた。

「このパスケース、この間の婚活パーティの忘れ物なの」

「忘れ物……」

つぶやくように言った絵理奈とバックミラー越しに目が合う。首をかしげてみせながら、嫌な予感が胸の奥で広がっている。

「こないだあたしたち、満里奈って女と乱闘みたいになったじゃない？」

「それは楓だけ。私と未来は止めようとしたんだから」

　訂正する絵理奈に、「同じようなものじゃない」と楓はパスケースを裏返した。そこには、運転免許証が窮屈そうに入っていた。写真を見て息を呑《の》む。

「高橋さん……？　え、なんで高橋さんの免許証を持ってるの？」

「やっぱりこの写真そうだよね。あの時は濃いメイクだったから別人かもって思ったけど、どう見てもあの女なんだよ。きっとあのとき、落としたんだと思う。岩本さんから、先日の謝罪をするついでに返してくるように言われたの」

トイレで会ったとき、高橋さんは薄いメイクをしていた。

パスケースを受け取った絵理奈が写真をじっと見てから、「え？」と目を見開いた。

ゆるゆると私を見て、

「ねえ、これ……」

とパスケースを渡してきた。運転免許証を見て気づく。名前が『高橋満里奈』ではなく、『高橋萌絵《もえ》』と記してある。

　助手席の楓が体ごと私に向いた。

「気づいた？　絵理奈の聞いた名前と違うでしょ」

「図書館では『満里奈』って呼ばれてた」

「私も龍介がそう呼んでいるのを聞いたよ」

龍介のマンションにやってきた高橋さんのことを、たしかに『満里奈』と呼んでいたはず。ああ、でもあのときはパニックになってたから聞き間違いかもしれない。

「婚活パーティの名簿を確認したら、たしかに『萌絵』で登録されていたんだよ。ということは、龍介さんの前では偽名を使ってるってこと」

名探偵よろしく、人差し指を立てる楓に、絵理奈が何度も首を縦に振る。

「楓の推理、当たってるかも。そもそも龍介さんとつき合っているのに、なんで婚活パーティにも出席するわけ？　ねえ、未来は満里奈……ああ、ややこしい、高橋さんと話をしたんだよね？」

絵理奈も楓と同じく窮屈そうに振り返っている。トイレの鏡越しに初対面した高橋さんと、なんの話をしたんだっけ……。

「出会いがなかったとか、結婚したいとか……」

今さらながら気づく。彼女はあのとき、婚活パーティにははじめて来たという話のあと、ほかの婚活パーティに行くとも言っていた。

「やっぱりおかしい」楓が言った。

「あたしの予想では、龍介さんは騙《だま》されてるんじゃないかな。偽名を使うなんて普通じゃないし、ひょっとしたら結婚詐欺とか？」

「それは……ないんじゃないかな」

龍介は飄々《ひょうひょう》としていると見られがちだけど、実は先をしっかり見据えて行動する性格だ。頭脳明晰な彼は、詐欺の加害者にはなれても、被害者になることはありえない。

彼の浮気を知らなかった私には自信を持って言えることじゃないけれど……。

『おいで』

ふいに龍介の声が頭によみがえった。仕事で落ち込む私に彼はよく両手を広げてそう言ってくれた。胸に抱かれれば龍介の香りに気持ちが落ち着き、モヤモヤも苦い感情も溶けていくようだった。

背中をポンポンと叩かれ、さらに溶ける私は世界でいちばん幸せだった。

「不思議なんだけどね」

口にした私に、ふたりは顔をさらに近づけた。

「いまだに龍介のことを信じたい気持ちがあるの。私に見せていた姿が本当の龍介なら、この間の龍介はまるで別人が乗り移ったみたいに思える。まだ私たちは続いていて、浮気も別れもぜんぶドッキリ企画みたいに……」

しんとする車内に、クーラーの音だけがしている。

絵理奈が「うん」と小声で言った。

「私が言えた義理じゃないけど、好きになる気持ちってすごいの。理屈や正義じゃなく、感情が湧いてあふれる感じ。衝動的に動いちゃうことがあるんだよ」

絵理奈は自分の今について語っている。口では恋愛を卑下していても、心は違うことに気づいたんだ。

「絵理奈の言ってること、分かるよ。オートマティックに流れていくことってあるよね。自分で選んだつもりでいても、勝手にそうなっていったようなことってあるから……」

「うん」

さみしいふたりが恋に迷っている。そうだよね、正しいかどうかなんて他者が判断しても意味がない。

急に楓がパンパンと手を大きく二回叩いた。

「はいはい、しんみりするのはもう終わり。会社から本人に忘れ物を届けに行く連絡はしてもらってるの。もちろん、あたしが行くことは伏せてもらってる。彼女、バイトが終わったらアパートに戻ってくるんだって。そこでケリをつけよう」

「え、でも……」

「もちろんあたしが先に行く。あたしは謝罪のお菓子とパスケースを渡したら車に戻る。あとは未来がひとりで立ち向かうの」

そんなことを言う楓に声が出ない。

「待って待って。そんなの未来がかわいそうじゃない」

気持ちを代弁してくれた絵理奈に、楓はまた指を立てると左右に振った。

「あたしは、有休も少ないからこれ以上謹慎が増えたら困るの。そのために絵理奈を連れて来たんじゃない。ふたりで解決してくれたまえ」

ぽかんとする私たちに、「あ」と楓が声を出した。視線を追うようにふり返ると、川沿いの道に自転車を漕ぐ女性が見えた。大きな口を開けて楽しそうにこっちに向かってくるのは、高橋さんだ。長い髪が風で乱れるのも構わず大声でなにか歌っている。

「来たわよ。なにあれ、恥ずかしくないのかしら」

眉間にシワを寄せる楓の横で、

「別人みたいに薄いメイクね」

絵理奈が言った。

「きっと、濃いメイクは詐欺をするとき用なんだよ」

「一理あるね」

凝視するふたりに気づかず、高橋さんは横を通り過ぎると駐輪場に自転車を停めた。

「行こう」

さっさと車を降りるふたりに慌ててついていく。どうしよう、なんて言えばいいのだろう。

アパートの階段前に来た高橋さんが私たちに気づきハッと口を閉じた。前に立つ楓が深々と頭を下げた。

「優愛殿の谷楓です。高橋満里奈様、先日は大変失礼なことをしてしまい申し訳ありませんでした。こちら、お詫びと言ってはなんですがお納めください」

いつの間に用意していたのか、『かりんとう饅頭《まんじゆう》』の文字が書かれた紙袋を手渡している。高橋さんは急なことに頭がついていかないのか、渡されるまま紙袋を受け取った。

「今後は二度とこのようなことのないよう十分反省いたします。こちら、お忘れ物の『高橋萌絵』様名義の免許証です。では失礼いたします」

一礼し、去っていく楓から高橋さんは私に視線を移した。ノーメイクに近いのだろう、前回よりも幼く見える。

「あの……私」

くらんと地面が揺れた気がした。地震かと身構える前に、めまいだとわかる。まさかこんなときに起きるなんて。

「突然すみません。私、藤原未来です」

　なんとか顔をあげると、高橋さんはさっきまでの戸惑った表情を消し、怒ったような顔をしていた。

「なにしに来たんですか。まるでストーカーですね」

「……すみません」

「パスケースを返すのにかこつけて、私を責めにきたなんて信じられない」

　めまいの嵐が襲う中、高橋さんの声はどんどん鋭くなっていく。婚活パーティのトイレで話をしたときとは別人みたいだ。

「私、忙しいんです。もういいですか？」

　なにも言えない私。めまいは荒波ほどではなくなったけれど、依然として数秒ごとに視界を歪ませている。

　ふいに肩に手を置かれた。

「友人の杉崎絵理奈です。私からいくつか聞いてもいいですか？」

「なんでよ」

「お願いします。大切な話なんです」

「……早くしてよ」

　イライラを隠そうともせず高橋さんは言った。

「生田龍介さんとおつき合いしてるのですね？」

同意を促す言いかたで尋ねた絵理奈に、

「そう」

ひと言で高橋さんは返した。

「未来が龍介さんとつき合ってることは知っていましたか？」

ようやくめまいが消え視界が安定してきた。ピントが合った高橋さんは一瞬だけ気弱な表情を浮かべたが、まばたきの間に強気な顔に戻っていた。

「だからなに？　慰謝料でも取ろうってこと？」

「そういうつもりじゃありません」

「じゃあ関係ないじゃない」

プイと左を向く横顔に違和感を覚えたけれど、なにか分からないままそれは消え去ってしまう。勇気を探してみるけれど心のどこにも見つからない。

「忙しいから」

階段に足をかけた高橋さんに「あの」となんとか言葉にした。

「突然すみません。もう少しだけ、もう少しだけ時間をください」

みじめだ、と思った。恋にすがりつくことも別れを受け止められないことも、ぜんぶみじめで悲しい。

「私、龍介と別れることになったんです」

「あ、そう」

「でも、まだ受け入れられません。どこかで信じたい気持ちが消えないんです」

そう、信じたい。どんなに冷たくされても私はまだ龍介を信じたい。

顔を背けたままの高橋さんが、鼻から息を吐いた。

「受け入れるしかないじゃない。信じて裏切られたんだから、あきらめるしかないじゃない。いつまで悲劇のヒロインを演じてるわけ？　そんな演技さっさとやめちゃえば？」

違和感の正体がわかった。高橋さんの声が、わずかに震えていた。彼女もまた……みじめなのだろうか？

「あのさ」グイと私を押しのけて絵理奈が前に立った。「そんな言いかたないじゃない。あんた、人の彼氏奪ってるんだよ。私なら罪悪感でいっぱいで、そんな態度取れないよ」

「うるさいな。あんたに私の気持ちなんて分からないよ」

「分かる」

「ウソつき。あんたたちには絶対に分からない！」

吐き捨てるように言った高橋さんの手を絵理奈がつかんだ。

「じゃあ分かるように教えて。なんで偽名を使ってるの？」

「な……」

「あなたの名前は高橋満里奈じゃない。萌絵でしょう。どうして龍介さんにウソをつくの？」

そのとき、気づいた。狼狽《ろうばい》した顔を浮かべた高橋さんの目に、涙が浮かんでいたのだ。

悲しみでも怒りでもなく、怯えているように感じた。

次の瞬間、高橋さんは乱暴に手を振りほどいた。

「もう帰って！」

叫び声に負けないほど、階段を打ち鳴らし二階へあがっていく高橋さん。気づくと私はその場に座り込んでいた。

また押し寄せるめまいに、自分を支えられず波に呑まれていく。

そんな、感覚だった。


目が覚めるとすでに部屋は暗くなっていた。

もう夜か、とベッドの上で首を右へ左へと動かしてみた。大丈夫、めまいはしていない。

あれから何日が過ぎたのだろう。めまいがなかなか治まらず、受診もしたけれど『メニエール病の可能性がある』というだけで、詳しい検査を後日することになっている。

基本、横になっていれば大丈夫なので寝てばかりの生活が続いている。

ゆっくり体を起こし、照明をつけた。あまりにもまぶしくて光量を絞ってからベッドサイドに足をおろす。スマホを確認すると、午後六時を過ぎていた。そっか……カーテンを閉めていたせいで部屋が暗いんだ。

楓と絵理奈からLINEが届いていた。どちらも体調を心配するメッセージだったので、『大丈夫だよ。もうすっかり元気です』と返事をした。

恋は、まだ胸の中で生きている。確認するように胸に手を当てた。龍介からはっきりと別れを告げられたわけじゃない。そう、彼はただ『距離を置きたい』と言っただけ。

……わかってる。彼はただ、さよならの言葉を言えなかっただけだと。

恋にもお葬式があればいいのに。死亡宣告をされて喪に服す。もう恋は生き返らないって感じることができたなら、この苦しい日々から抜け出せるのかもしれない。

お墓を作ろう。彼のことを思い出にできるように、これからはひとりで生きていけるように。

「なに考えているんだか」

わざと声に出してみる。しっかりしなきゃ、そう思うそばからめまいが襲ってきそうで怖くなる。

病院の先生はストレスが大敵だと言っていた。恋も失恋もストレスも、目に見えないものが私を弱めていく。カレンダーを確認すると、高橋さんと会ってから今日で一週間が経っている。

ノックの音に我に返った。

「起きてる？」

ドアが開き顔を出したのは、陽菜乃だった。

「うん」

「入ってもいい？」

うん、とうなずくと陽菜乃は珍しそうに部屋を見回しながら入って来た。陽菜乃が結婚して以来、部屋に入ったのなんて初めてかもしれない。

「なんか、ごめんね。ずいぶん手伝ってくれてるんだってね」

私の代わりに陽菜乃は連日スタッフとして参加してくれている。この数日は泊まり込んでくれているし、頭があがらない。

陽菜乃は「は？」といつものように尖《とが》った返事をした。

「しょうがないじゃん。あんな青い顔で働かれたら困るし」

「それでもごめん。もうだいぶいいと思うんだけどね」

陽菜乃は私のデスクの前に置かれた椅子に座った。

「お姉ちゃんのそういうところ、あたし大っ嫌い」

「そういうとこって？」

「自分さえ無理すればいい、みたいな犠牲の精神。周りには気を遣って思ってもいないようなこと言ってさ。そんなんだから、病気になっちゃうんだよ」

ズバズバと口にしてるけど、けっこう傷つく。楓と陽菜乃に返したＬＩＮＥの内容を思い出せば、心当たりがあるだけ余計に。

「ふう」とため息を声に出す陽菜乃が、

「ま、そういうところがお姉ちゃんらしいけどね」

と肩をすくめた。

「うん」

「まあ彼氏に慰めてもらえばいいじゃん。龍介さんがいちばんお姉ちゃんのこと理解してくれてるもんね」

ニヤリと笑みを浮かべた陽菜乃が、はがきを渡してきた。

「今日ポストに入ってたよ」

表に私の名前が書かれている。差出人の箇所に、丁寧な文字で『生田龍介』と書かれている。

胸の痛む音が、すぐ近くで聞こえた気がした。

未来へ

記憶は人をやさしくも悲しくもするね。
未来を思い出せば、俺は強くなれるよ。
がんばれ、と簡単には言えないけれど伝えたい。
すばらしい人と出会えたことに感謝している。
君の未来が明るい光で満ち溢れますように。

段ボールだらけの部屋から　龍介

「龍介さんも、マメだよね。でも、いつまでもラブラブでうらやましい。さっさと結婚して仕事も辞めちゃえばいいのに」

陽菜乃の声が遠くに聞こえている。これが最後のはがきなのかもしれない。最後までさよならも伝えないままで離れていくんだ……。

ツンと鼻が痛んだと思ったら、もう涙は頬を伝っていた。

「お姉ちゃん？」

「ごめ……ん」

ボロボロと涙がこぼれていく。私たちの恋はもう、死んでしまったんだ。それを受け入れるしかないんだ……。

「どうしたの？　え、なに？」

箱ごとティッシュを渡しながら陽菜乃は戸惑っている。嗚咽《おえつ》を漏らして泣いた。泣いても泣いても涙が止まらなかった。

ようやく落ち着いた頃には、陽菜乃は横で涙を拭っていた。

そうだった。昔から普段は強気なのに、たまに私が泣くと理由も分からないのに一緒に悲しんでくれてたっけ……。

「ごめん、もう大丈夫」

「すごく怖いんだけど、なにかあったの？」

「……龍介と別れたの」

「は？　やめてよ、そういうの。だったらなんでこんなの送ってくるのよ」

陽菜乃の言葉に、改めて実感する。龍介から届くはがきにはいつも時差があるんだ。読んだ私にとっては今の出来事でも、彼にとっては過去のこと。もう、彼は私なしの毎日を送ってるんだ。

「わからない。でも、終わったの」

「いつ？」

「さあ……。分からないの」

「原因は？」

「分からないの」

同じことばかりくり返すしかない。てっきり呆れるか怒られるかと思ってたけど、なぜか陽菜乃は「そっか」と天井を見あげた。

「この世は未確認情報だらけだもんね」

さみしげな口調に横を見ると、目じりの涙を拭いながら陽菜乃は目を伏せた。

「ほんとはさ……。うちも旦那とうまくいってないんだよね」

「え、そうなの？」

「顔を合わせればケンカばっかでさ。だから、ついここに来ちゃうんだ。じゃないと、どちらかが決断を下してしまうかもしれない。それくらいギリギリの場所で踏ん張ってる感じ」

離婚、の二文字が頭に浮かんだ。陽菜乃の夫である優斗さんがうちに顔を出すこともあったけれど、朗《ほが》らかに笑う印象しかない。

「結局さ」と陽菜乃が続けた。

「目に見えることだけが本当のことじゃないってことだよね」

「そうかもね」

龍介は、メールやＬＩＮＥを嫌った。言葉や手書きの文字で気持ちを伝えたがっていた。

それに意味はあったのだろうか？

こんなはがき一枚で終わらせようとするなんて……。

「今度さ、お母さんたちに朔預けて飲みに行こうよ」

「だね。……ありがとう」

部屋を出ていく前に陽菜乃は「お礼を言うなんてキモい」と憎まれ口を叩いていった。

もう涙は出ない。

龍介からのはがきを入れているのは、クッキーの空缶。月と星が立体的にデザインされていて、見るたびに心が休まる。

はがきをしまおうとして、ふと手が止まる。そうして、これまでにもらったはがきを取り出して読み返した。

何分くらいそうしていただろう。

気づけば私は龍介に電話をかけていた。


菊川駅に着くころには夜の黒色が町を浸していた。

駅前だけぽっかり明るいせいで、遠くからでも駅が見える。周辺の道は整備され、高い建物がないせいで菊川駅は夜になると宇宙船が浮いているように見えていた。駐車場に車を停めるとロックをかけるのももどかしく改札口へ走る。

電話をしたとき、彼は言った。

『これから町を出る』と。

どこにいるのかと尋ねると、仕事仲間を駅へ送ったところだと言う。

最後に会いたい、と伝え、家を出たのが十分前。これほど慌てて支度をしたことはなかった。髪型もメイクも服装も全然ダメ。これが最後なら、せめてキレイに見せたかったのに。

改札口の前に、大きなリュックを背負った龍介が立っていた。まるでデートの待ち合わせをしていたように、龍介は私を見つけるとうれしそうにほほ笑んだ。

「やあ」

夏なのに長袖の厚いシャツを着た龍介が荷物をおろす。

「最後に会えたね。俺も電話をしようか迷ってたんだ」

じっとその瞳を見つめる。なにも変わっていない。私たちはなんにも変わっていないのに、なぜ？

「聞かせてほしいの。私たちは……終わったの？」

否定の言葉を期待する私に、龍介は「ごめん」と言った。

「ちゃんと言えなかった。好きな人ができたんだ」

「……高橋さんのこと？」

軽くうなずいたあと『満里奈』の名前が龍介の口からこぼれた。

「この間は嫌な思いをさせたね。俺は本当にひどいやつだ」

「ウソだよね？　本当はぜんぶウソなんでしょう？」

もっと早く気持ちを伝えればよかった。どうして聞くことをためらったのだろう。なぜ、求められる自分の像を守ったのだろう。

龍介は腕時計を確認すると、息を吐いた。

「本当にごめん」

「じゃあどうして……はがきを送ったの？」

「それは君へのさよならを――」

「ウソ！」

右手に持っていた缶からはがきを取り出す。

「さよならを伝えるためなら、こんなはがき送らない。気づいたの。先月送ってきたはがきからメッセージを込めているって、やっと気づいたの」

退院後に届いたはがきから、行頭の文字だけを拾い読みするとメッセージが記されていた。そこには何度も『君が好き』と書いてある。

さっき気づいた瞬間に分かった。これこそが龍介の本当のメッセージだって。

「君が好き、ってどういうこと？　どうして別れるの？　どうして町を出ていくの？」

龍介はしばらくの間、戸惑ったように私を見ていた。永遠かと思うほどの長い時間が過ぎたあと、彼は目を逸らした。

「俺は弱いんだ」

「龍介……」

「認めるよ。ヘンなメッセージはたしかに書いてしまった。浮気しておいて君に許してほしいなんて言えないし、気持ちが揺れ動いていたのも事実だから」

龍介はリュックを背負うと「でも」と言った。

「今が本当の気持ちだから。俺はもう君のことが好きじゃない。別れたんだよ、俺たちは」

そう言うと、彼はいちばん聞きたくなかった言葉を言った。

「さようなら」

気づくと龍介は駐車場へと消えていた。

さようなら、さようなら。

温度のない言葉が耳元でリフレインしている。

まだめまいは、私の世界を揺らしている。

第五章　恋の焼け跡

八月になった途端、雨が続いている。

梅雨の時期はあまり降らなかったのに、この数日は雨が街の色を溶かしていた。

初めて来るイタリアンの店は、最近オープンしたらしく混んでいた。外観の印象よりも広い店内は、黒ベースの壁紙が落ち着いた雰囲気。

カンツォーネよりも大きな声でしゃべる周りに負けないよう、さっきから楓も絵理奈も声が大きい。グラスワインのせいかもしれないし、私の別れ話のせいかもしれない。

「あんな男、別れて正解だよ」

四回目の肯定を口にした楓が、やっつけるようにワインを飲み干した。

「私もそう思う」

絵理奈も今回は楓の意見に同意している。

メイン料理が終わり、今はデザートを待っているところ。テーブルの上には、龍介からのはがきが並んでいる。楓に別れたと報告したときに、次回の集まりに持参するよう言われていたからだ。

『きみにあいたい』『きみがすきだよ』『きみがすき』と、拾い読みすれば現れるメッセージ。

一枚のはがきを私の前に滑らせると、楓はぶすっと頬を膨らませる。

「未来が好きな人だから応援したかったけど、あたしは元々、メールもＬＩＮＥもしない龍介さんには疑問だった。そういう人って、本命がほかにいたりすることもあるし。そもそも、やってることとはがきの内容が矛盾しまくってるじゃない」

「だね」と絵理奈もはがきを一枚手に取った。

「最初のほうはいいと思うけど、別れが近づいてるのに暗号みたいに愛を伝えるなんておかしいよ」

「龍介は迷っていたんだって。だからはがきに意味深なメッセージを書いたみたい」

「ありえない」と絵理奈ははがきを裏返した。

楓がなにか思いついたように「あ」と口を大きく開けた。

「ねえ、ひょっとして龍介さんって二重人格なんじゃない？　もうひとりの人格が未来と別れようと動いてて、本来の人格が必死で未来に『好き』って叫んでるの」

映画じゃないんだし、とツッコミを入れようとしてやめた。

「不思議なんだよね。何度も別れをにおわされてたでしょ。で、ついに直接言われた。なのに、まだ実感がないの」

龍介はウソをついている。そう思う自分が拭えずにいる。

スタッフが食後のデザートを運んできた。大皿にぽつんと小さなイタリアンプリンが載っていて、横にフォンダンで覆った小さなケーキが添えられている。

「めまいのほうはどうなの？」

絵理奈が尋ねた。

「それも不思議なんだよ。菊川駅で別れを告げられた日から全然平気になったの。もう大丈夫っぽい」

あんなに悩まされた症状は、まるで煙が消えるようになくなっていた。

「別れるかも、という悩みがめまいの原因だったってこと？」

「どうなんだろう。自分じゃ分からないけど。貧血予防のサプリを飲んでる」

そう言った私に絵理奈が「もう」と腕を組んだ。

「サプリなんて気休めだって何度も言ってるよね。そんなのに頼るよりも、定期的に受診すること」

昔から言われ続けたことだ。ぎくしゃくしたことがなかったみたいに、三人で集まれている。悲しい出来事の中にも救いがあってよかった。ひとりだったら耐えられなかったと思うし。

「これからどうするつもり？　電話では『龍介を好きなままで待つ』なんて言ってたけど？」

楓の質問に首をかしげた。

「そうするしかないのかな、って」

龍介は地元に戻ったのだろうか。それとも、違う場所で暮らしはじめているのだろうか。スマホも番号を変えたらしく、メールもＬＩＮＥも拒否されている。

彼とつながっていたものすべてが遮断されているのに、なぜ信じたいと心が願うのだろう。

きっと、失恋に慣れてないから実感がないんだろうな……。

「苦しかった時期が終わって、今は穏やかな気持ちなの」

固いゼリーが口のなかで溶けてなくなるように、いつかこの思いも逝く日が来るのかな。それはそれでさみしいけれど……。

「じゃあ」と楓がなぜか絵理奈と視線を合わせてから言った。

「未来の結論としては、好きでい続けるってことでいい？」

なぜそんな確認をするのかわからないけれどうなずくと、またふたりは視線を交差している。

「なによ。ふたりともなんかヘンなんだけど」

コホンと咳ばらいをした楓が急に背筋を伸ばした。

「このあと、名探偵楓がいよいよ登場します」

「え？」

「その前に、絵理奈から報告があります」

見ると、絵理奈も同じように居住まいを直した。

「実は、未来が臥《ふ》せっている間に転職したんだよね」

「転職？」

そういえば、今日の絵理奈はいつもよりしっかりメイクだ。紺色とはいえワンピースを着ているのも初めて見た。

「龍介さんと一緒で、私もリセットしたんだ。仕事も恋も」

「じゃあ……」

「自分の意志で別れた。そうしなくちゃいけなかった。楓と未来が教えてくれたんだよ。

心配かけてごめんね」

やさしくほほ笑む絵理奈がまっすぐに私を見た。

「誰かを傷つけたり孤独にさせる恋をしちゃいけなかった。そのことは本当に反省してる」

「それでいいの？」

「すっきりしてるって言いたいけれど、罪悪感とまだ戦っている。私がしたことは絶対に許されない。でも、今の職場の人たちがすごくいい人なの」

パンと楓が手をひとつ打った。隣のカップルがビクッと体を震わせた。

「さあ、ここから未来チョイスの時間です！」

「ちょっと楓、静かに」

「いいからいいから。未来にはふたつの選択肢があります。ひとつは、絵理奈と一緒に『優愛殿プレゼンツ・第二回婚活パーティ』に参加すること」

いつの間にかテーブルの上にはチラシが置かれている。前回よりも凝ったデザインで、開催日は今月最後の土曜日になっていた。

「もうひとつは、名探偵楓の調査報告を聞くこと。ちなみにワトソン役は絵理奈ね」

「……どういうこと？」

「そういうこと」

あっさりと言ってから楓は絵理奈と「ねー」と笑い合っている。

「絵理奈と一緒に今回のこと、調べてみたの。で、新たに分かったことがいくつかあるからその報告ってところ」

「楓に頼まれて調べたの。あとは、未来に選んでほしいんだ。先へ進むか、今の恋にとどまるかを」

プリンを食べ終わった絵理奈があとを引き継いだ。

「私は……」

迷いなんてなかった。

「婚活パーティはこりごり」

そう言った私に楓が肩をすくめた。絵理奈もクスクス笑っている。私を心配してふたりは動き回ってくれたんだな、と思うと胸が熱くなった。

「龍介を忘れることがとどまることだと思っていない。これからも好きでいることは、明日も明後日も変わらないことだから。答えになってないと思うけど、私はここにまだいたい」

あの別れを言われる日までは、目に見える事実に振り回されるばかりだった。だけどあの夜から、すべてが変わった。私は龍介を嫌いにはなれない。すんなり出た答えは、今では誇りにすら感じている。

「ファイナルチョイス？」

司会者っぽく尋ねる楓にうなずくと、彼女はうれしそうにほほ笑んだ。

「そうだと思った。じゃあ、調査報告するね。未来が龍介さんと別れてから、あたしなりに調べてみたの。まずは、高橋満里奈のこと」

「高橋さんのことを調べたの？」

「だって前回会ったときの様子、ヘンだったんでしょう？」

「そうなの」と絵理奈が答えた。

「ひどく動揺してた。あれは恋人を奪った罪悪感とか偽名がバレたからとかじゃなくて――」

絵理奈が私を見つめた。

「未来に同情してたんだと思う」

「私に？　え、なんで？」

「彼女、泣いてたじゃない。本当の自分を出さないように必死で演じてる気がしたの」

たしかにそういう印象を受けたのも事実だ。でも、私に同情するってどういうことだろう？

グイと楓が顔を近づけた。

「そこであたしたちの出番なわけ。休みの日にふたりで調査したんだよ。は・り・こ・みってやつ。運がよければ、龍介さんの居場所もわかるかもしれないし、そういうの一度してみたかったんだよね」

「楓はマック食べたあとほとんど寝てたじゃない」

絵理奈のクレームにも耳を貸さず「それでね」と楓は続けた。

「数回の張り込みでわかったことは、高橋満里奈改め、高橋萌絵は一度も龍介さんと会っていない。アパートとバイト先との往復しかしてなかった」

「ちなみにバイトは堀之内《ほりのうち》のコンビニだったよね」

「そこまで調べたんだ。すごいね……」

感心しながら泣きたくなった。誰かのやさしさに最近は涙腺がゆるむことが多い。

「もう少し調べてみるつもり。きっとなにか秘密があるんだよ」

力強くうなずく楓の隣で絵理奈もほほ笑んでいる。失うばかりだった日々に、雪のようにやさしさが積もっている。

「もうひとつあってね。これは、絵理奈から」

指名された絵理奈が一枚の名刺を渡してきた。そこには『理学療法士　安間哲央』と書いてある。安間さんは龍介の友人だ。

「新しい職場って、菊川大学病院のことなの」

「え……そうなの？」

「これは単純に条件がよかったから応募しただけ。せっかくだから、調べてみようと思ってね。安間さんに仕事のことを尋ねるフリで近寄ってるところ」

そんな行動力があるなんて驚いてしまう。

「安間さんに、今の龍介の居場所を聞くってこと？」

彼が教えてくれるとは思えない。龍介の転院先すら教えてくれなかったのだから。ああ、そっか。あの頃はもう、龍介が別れを決意したことを知っていたのかもしれないな。

「居場所なんて聞かないよ。知ったら未来、すぐに訪ねて行きそうだし」

「意外に行動力あるからね」

楓が茶々を入れてくるので、にがい顔をしてみせた。名刺をしまったあと、絵理奈が斜め上あたりに視線を向けた。

「私の予想では、安間さんの行動が怪しいんだよね。今度、仕事の相談ってことにしてふたりで会う約束をしたから聞いてみる。もちろん、未来の名前は出さないから安心して」

改めてふたりを見た。心にぽっかり空いた穴にふたりのやさしさが滲み込んでくるみたい。ダメだ、もう涙がこぼれそう。

「ありがとう」

鼻を啜《すす》る私に、ハンカチを我先にと差し出そうとしてくれる。ふたりは、私に残された宝物だ。

土曜日の昼過ぎというのに、陽菜乃は珍しく帰り支度をしていた。朔はすでに車に乗っているようだ。

今日は葬儀が一件あったが、亡くなった病院から火葬場への直葬スタイルだった。お骨になったあとの葬儀は簡略化されることが多く、参列者も近親者のみだった。

「あれ、もう帰るの？」

「なによ、いつもならよろこぶくせに」

ボストンバッグに荷物を詰め込みながら陽菜乃は憎まれ口を叩いた。自分でも気になったのか、

「明日は葬儀ないでしょ」

と、軽い口調で言い直した。

「お盆前にしては珍しいね」

「だいたいこの時期って年末かってくらい忙しいからね。嵐の前の静けさかもよ」

陽菜乃との会話も増えた気がする。失恋によっていろんなものが体からはがれていく気がしていたけれど、こうして得るものもあるんだな。

「お姉ちゃん、あのさ……」

「ん？」

「今さ、なるべく家にいたいんだよね。旦那との関係を修復してる、と言うかなんて言うか……。だから、たまに手伝えない日もあるかもしれない」

バッグを肩にかけてゆらゆら体を揺らせている。昔から照れた時にしていた仕草だ。

「すごいことじゃない」

「どうなるかはまだ分からないけどね。まあ、こっちはこっちで色々と反省中って感じ」

「分かった。こっちのことは任せておいて」

うなずいたあと陽菜乃は「でもさあ」と誰もいないソファを見やった。

「お父さん大丈夫なの？　今日だって葬儀に参加してなかったじゃん。釣りとか飲みにばっかり行ってて、マジむかつかない？」

「それなんだよね。私の具合が悪かったときはそれなりに動いてくれたけど、元気になった途端、昼間は姿を見せなくなったよね」

「大学病院も出入り禁止になったんでしょ。そんな大変なときになにやってるんだか」

お父さんの話題、というか悪口大会になると昔から団結していたっけ。懐かしい感覚に思わず笑ってしまう。

「そんなこと言わないの」

急にリビングのドアが開き、母が洗濯物を抱えて入って来た。

「お父さんだって色々大変なのよ」

「げ」と陽菜乃は驚いてから車のキーを手にした。

「じゃああたし帰るね。来週についてはまた連絡するから」

慌てて出ていく陽菜乃を見送った。庭で洗濯物を干したあと、母はキッチンでお茶を淹れている。葬儀の仕事が終わったばかりなのによく働くな、と感心してしまう。

私はもうとっくに家着に着替えてしまった。

私のぶんも淹れてくれたらしい。テーブルに着くと母は、肩をコキコキと鳴らした。

「そろそろお父さん帰ってくるわね。夕飯なにがいい？」

「なんでもいい」

「その答えがいちばん困るの。ま、お父さんが魚釣ってくるだろうから、魚料理ね。たまにはアジじゃなくタイでも釣ってきてくれればいいのに」

そう言ってから母は私の顔を覗き込んだ。

「体調、大丈夫？」

「めまいも起きないし絶好調」

「無理しなくてもいいのよ。営業だって程々でいいし、葬儀もベテラン派遣チームに任せておけばいいんだから」

「だね」

頭では分かっていても、必死になるのは昔から。子供の頃も頼まれてもいないのに率先して家事の手伝いをしていた。疲れることで充足感を得る性格はなかなか直らない。

「お母さんは平気なの？」

「なにが？」

ずずっとお茶を啜る母に、頭のなかで質問を文章にしてみた。ベストが見つからないまま「えっと」と話し出す。

「お父さんのこと。住職をしてた時は真面目で頼りがいがあって、いつも寺のどこかにいたじゃない。なのに突然引退して、葬儀会社を作ったかと思えば、今じゃほとんど家にいない。それで平気なの？」

「平気に決まってるじゃない」

てっきり同意してくれるかと思っていたのに、母は心外とでも言いたそうな顔をしている。

「あの頃は寝ても覚めても住職の妻だったのよ。それこそスーパーに行っても結婚式に招待されたとしても、肩書きばっかりついて回ってた。お父さんが葬儀会社のことを言いだしたときは本当にうれしかった。こう言ったらなんだけど、初めて神様の存在を信じたくらいよ」

「なにそれ」

元住職の妻らしからぬ答えに驚いてしまう。クッキーの缶を開けると母はほくほく顔で食べだしている。

「お父さんもお母さんも、住職時代は充実していたと思うのよ。でも、もうその時代は終わったの。これからは違う立場として誰かを見送っていきたいの」

言っていることはなんとなく理解できる。私が勝手に動き回って疲弊しているのも自覚している。

「でも、お父さん……ちっとも仕事してないじゃない」

コトンと湯呑を置く音がして顔をあげると、母が目を丸くして私を見ていた。なにかへンなこと言っただろうか。

「たまにしか葬儀に出ないじゃない。参列したかと思えばふらっとどこかへ行ってしまうし、釣りとか飲みに出かけてばっかりだし」

「ちょっと前も、そのことでキレてたわね」

「キレてない。本当のことを言っただけ」

「まあ、未来から見えた事実はそうなんでしょうね」

クッキーを缶ごと差し出す母に無言で首を横に振った。

「実際そうじゃない。ぜんぶ人に任せてばっかりで……。菊川大学病院も出禁くらってるんだよ。それを言ったときも『そうか』だけだったし。もうちょっと協力してくれてもいいと思うんだけど。新しい顧客を開拓しないと、こんな小さな葬儀会社すぐに潰れちゃうよ。お父さんは全然分かってないんだよ」

「じゃあ、それをお父さんにぶつけてみたら？」

いたずらっぽい顔で笑う母に、唇を尖らせてみせた。

「どうせ言っても無駄だもん」

「私から見ればお父さんと未来は瓜《うり》ふたつってくらい似てる。いつも誰かに気を遣って、それで疲労困憊してるのよ」

「……似てないし」

このままでは言い争いになってしまうかも。危険信号が灯《とも》るのを感じる私に気づかず、母は「たぶん」と続けた。

「お父さんが住職を辞めることを決めたのは、お母さんのため。たぶん疲れている私を心配してくれたのよ。葬儀に顔を出さないのは、たっくん……和尚さんに気を遣ってるのよ。前任者が顔を出すと、どうしても檀家さんは頼りにしちゃうでしょう?」

「でも……」

「未来、自分の見た世界がすべてだと思わないで。あなたの知らないところにも世界は広がっていて、それをすべて理解するのは無理なこと。事実は目で見えないところにある、って思わなくちゃ」

果たしてそうだろうか。言っていることは正しくても、父が仕事をしているようにはとうてい見えない。

「納得できないって顔に出てるわね」

朗らかに笑う母の向こうで、玄関のドアが開く音がした。ドタドタと大股で歩く音のあと、日焼けした父が顔を出した。

「ただいま。って、陽菜乃は帰ったのか」

「おかえりなさい。たった今、帰ったところよ。あら、飲んできたの?」

アルコールの匂いに敏感な母に、

「ちょっと船の上で乾杯しちゃってさ。飲まないやつがいたから送ってもらってきた」

そう言って父はクーラーボックスを母に渡す。

「重いわね」

「大量も大量。スズキにアジに珍しいマゴチまで。陽菜乃ん家《ち》まで持っていってやるか」

「今夜は家族そろって外食だって。明日、煮つけにして持っていくわね」

クーラーボックスごと流しの横に置き、早速母は調理をはじめる様子。いつもなら部屋に戻るところだけれど、しばらく父を観察することにした。

冷蔵庫からビールを取り出した父は「よう」と私に声をかけるとソファにドカッと座る。すかさずテレビをつけると、チャンネルを選び出した。気に入った番組がなかったのかぼやきながらテレビを消すと、父は私の横にあるクッキーに気づき、指さしで『持ってこい』と合図した。

どこが仕事してるって言うのよ。なにか言ってやろうと、クッキー缶を手に父の前に立つ。

「お父さん――」

「思い出した。そういえばな、菊川大学病院の出禁を解除してもらったぞ」

「え？」

父は手の平を上にしてクッキーを催促した。手渡すとうれしそうに缶を抱えて食べ出す。

「病院に行ってもいいってこと？」

「そうそう」

ビールとクッキーは合わないと思うが、むさぼるように食べている父。立ち尽くす私に、ようやく落ち着いたのか父はソファにもたれかかった。

「今日の釣りのメンバーは、長谷川元院長と現院長のニッハー」

「ニッハー？」

「二橋院長のこと。俺があだ名をつけた。結構気に入ってたぜ？」

背筋が凍りそうなほどの恐怖が襲った。ひょっとして出禁解除じゃなく改めて呼び出されて叱られるのでは……？

「院長をあだ名で呼ぶなんて正気？」

「正気も正気。でさ、あとはしつこい営業さんも来てたな。ガリくんってあだ名をつけてやった。本当の名前は……なんだっけ」

ガリ、という名前に聞き覚えがある。それってもしかして……。

「静岡葬祭の猪狩さんのこと?」

「そうだ、猪狩だ。ニッハーにピッタリくっついててさ、しょうがないから連れて行ってやった。あいつ、真面目そうでいて結構おもしろかったぜ」

クスクス笑ったあと、父はハッと顔をあげた。

「しまった、そいつ今いるわ」

「は?」

「未来に話があるっていうから、ガリくんの車に乗せてもらってきたんだった。表で待ってる」

相当酔っぱらっているのだろう、父はソファに横になってしまう。

「猪狩さんが、外にいるってこと?」

「ご名答」

ウソでしょう⁉　慌てて玄関へ走りドアを開けると、駐車場の手前に黒塗りの車が停車していた。中にいるのは、やはり猪狩さんだ。

「すみません。遅くなりました」

運転席にまわって謝ると、猪狩さんはなぜかびっくりした顔をしている。

「今、父から聞いたところで……」

猪狩さんの視線を追うように下を見て気づく。家着のまま出てきてしまった。

よれよれのTシャツは陽菜乃から遠い昔にもらった物で、胸のところに『I LOVE JAPAN』と赤文字で印刷されている。七分丈のパンツは薄手。……最悪だ。

「突然伺って申し訳ありません。あの、助手席に乗りますか？」

目線を逸らす猪狩さん。着替えに行くのもおかしいので、素直に助手席に乗った。

「こんな恰好ですみません」

恐縮する私に、猪狩さんは「いえ」とうつむいた。

「こちらこそ、フジやん……藤原さんの釣りに強引に参加してしまいました」

どうやらみんなにもあだ名で呼ばせているらしい。私服の猪狩さんは初めて見たけれど、半袖の黒いパーカーに白いパンツがよく似合っている。

猪狩さんの髪はなにもつけてないようにサラサラとしていた。これは、前に私が髪型のことを言ったからだろうか。いや、きっと休日仕様なんだ。そうに決まっている。

どちらにしても自分の恰好との差に余計に恥ずかしくなる。

「今、父から菊川大学病院のことを聞きました。出禁が解除になったって」

「ええ。とにかく、なんて言うか……彼は緻密《ちみつ》でした」

「緻密？　それって父のことですか？」

あんな大雑把《おおざつぱ》でいい加減な人が？

猪狩さんは体ごと私に向くとうなずいた。

「長谷川さんの知り合いということで、藤原さんをご紹介いただきました。初対面から壁を感じさせない大雑把な……いや、よい人で、あっさり二橋院長と仲良くなったんです。俺のことも『ガリくん』なんて呼んで、失礼な印象でした」

もう取り繕うことは止めたらしい。

「すみません」

「堤防で釣りをすると聞いていたのですが、実際は船に乗っての沖釣りでした。気づけばフジやんのペースでした」

もう猪狩さんはあだ名で父を呼んでいた。

「いや、すごかったですよ。病院営業についての話はあなたにも聞かせたかった。二橋院長はすぐに、すべての業者に対し出禁を解除する約束をしました」

――事実は目に見えないところにある。

母の言葉を思い出す。ひょっとしたら、父は父なりに営業を続けているのかもしれない。私や和尚さんの陰になるよう気を遣いながら。

「出禁を仕組んだのは俺です。病院へ取り入り進言したんです」

やっぱりそうだったんだ。

「フジやんは気づいていたのでしょう。決して二橋院長を責めることなく、こんなふうに言ってました。『癒着ってやつはやっかいでね。そのつもりがなくても誰かにそう思われたら大ダメージをくらうんだよな』と。ご自身の住職時代の話を例に、わかりやすく静岡葬祭と病院との関係について諭《さと》しました」

「元住職だから、人を諭すのは上手《うま》いんです。私も何度言いくるめられたか……」

フッと笑った猪狩さんの横顔がやさしい。

「俺も気負いすぎていたようです。今日、青空と海に漂っているうちに、そんなふうに思ったんです」

「そうですか……」

「この気持ちがいつまで続くかはわかりません。俺はサラリーマンだし、上からも認められたい気持ちは強い。……でも、あなたに謝罪しなくてはと思ったんです」

不思議な気持ちだった。初めて猪狩さんの言葉がすんなりと耳に届くような気がしている。

「病院に花を贈ったり、マットを替えたり、休憩室に空気清浄機までプレゼントしました。他社を排除するためでした」

猪狩さんは首をかしげ「もちろん」と続けた。

「それ自体が問題になることはないと思います。あくまで寄贈の体《てい》を取っていることですし。でも、今思えば卑怯《ひきょう》だったと思います」

猪狩さんが本心で話をしているのが分かるとともに、やけに近い距離も気になり出す。

自分でも気づいたのだろう、猪狩さんは体の向きを戻した。

「ですので、これからは正々堂々営業をがんばっていきます」

久しぶりに安堵《あんど》のため息がこぼれた。これで最悪の状況からは抜け出せるかもしれない。

「もうひとつ言わせてください」

背筋を伸ばすと猪狩さんは顔だけ私に向けた。

「はい」

「最近、恋人と別れたそうですね」

「へ」というひと言が口からこぼれた。

「待って。誰がそんなことを……」

龍介とのことは楓と絵理奈、陽菜乃にしか話してないのに。

「フジやんの話では、妹さんがお母様に、お母様がフジやんに密告したそうです」

陽菜乃に心を許したのは時期尚早だったようだ。今度会ったら叱ってやらないと。

決意を胸にしながら、ふと気づく。どうして猪狩さんがそんなことを聞いてくるのだろう？

「小楠様の家でのトラブルのとき助けてくれましたよね？　でも、本当はそんな余裕がないほど辛《つら》いときだったと思います」

「いえ、そんな……」

動いてもいないのにハンドルをギュッと握ったあと、猪狩さんは迷うように尋ねた。

「俺ではその人の代わりになれませんか？」と。

狭い車のなかにふたりの歓声が響いた。楓なんて歓声と言うより、殺人犯に出くわしたみたいな悲鳴をあげるものだから、まだ耳がキーンとしている。

「どういうことよ。そんな急展開ある⁉」

後部座席に身を乗り出す楓。運転席の絵理奈もぽかんとした顔でバックミラー越しに私を見てくる。

「声が大きい。聞こえちゃうでしょ」

コンビニの駐車場にもう三十分以上車を停めている。エンジンを切り窓を全開にしているせいで、喫煙スペースにいた数名がいぶかしげにこっちを見ている。

「そんなのどうでもいいって。なんでそうなるわけ？　猪狩って営業さん、最初から未来のこと気に入ってて、わざと意地悪してたってこと？」

「そういうの、学生時代にもあったよね。好きな子に冷たい態度取ったりするのってかわいい」

いつもは恋愛否定組の絵理奈までも胸に手を当て感動している。

「学生時代って何年前のことを言ってるのよ。猪狩さんが言ったのはそういう意味じゃないの。『代わりになれませんか？』というのも、辛いときの助けになりませんか、ってことだって」

そう、深い意味はないのだ。これまでの行いを反省した猪狩さんが、今度は私を助けようとしてくれている。つまりこれは、会社間における相互援助のことであって……。

「うらやましい。なんであたしにはろくな男が寄ってこないのよ」

話を聞く気がない楓がその場で地団駄を踏むものだから、車がグラグラと揺れる。

絵理奈が「あれ」と横を見た。

「楓、なにか出会いがあったって言ってなかった?」

楓は言葉に詰まったように口を閉じてしまった。しばらくセミの声を聞いていると、ようやく「ていうか」と口を開く楓。

「出会いじゃないよ、元々知ってる人だし。先月の謹慎について、上司としてかばってくれた。それだけのことよ」

「上司って、まさか……岩本さんのこと?」

絵理奈の問いに楓は興味なさげにうなずいた。

「まさにそう。岩男って、普段はすっごく嫌なやつなんだよ。まあ、正しいことを言ってるんだけど、真面目っていうか融通が利かないっていうか……。四十歳越えても独身だけど、別にそういうのじゃないし」

まんざらでもなさそうだな、と思ったけれど口に出せば全力で否定するだろう。

「で、反省会ってことで飲みに行ったら結構いいやつでさ……。これ以上は言わない。またなにかあったら言う。それでいい?」

切り上げ口調な割に顔が真っ赤だ。そう言えば、今日はメイクも大人しめだしバッグもノーブランドもの。楓ってこういうところ分かりやすい。

「もう三十分過ぎてる。残業でもしてるのかな？」

話題を変えたいのか、楓がわざとらしく腕時計を確認した。

名探偵楓の調査により、日曜日である今日、午後一時で高橋さんのバイトが終わることを突き止めた。快晴なのに自転車通勤をしなかった高橋さんに疑問を持った楓が集合をかけたのだ。

「そろそろじゃない？　さっき『もじゃヒゲ』が出勤してきたみたいだし」

「もじゃヒゲ？」

「バイトリーダーの人。ほら、ブドウみたいにヒゲ生やしてる大柄な人いるじゃない。彼、毎日のようにバイトしてるみたい。でも社員ではないんだってさ」

最近はあだ名をつけるブームが起きているのだろうか。

「あ、忘れてた。これ、つけておいて」

バッグから楓はサングラスを取り出すと絵理奈に渡した。私には丸い形の伊達《だて》メガネ、自分だけはおしゃれな赤い帽子をかぶっている。変装のつもりだろうけれど、余計に目立ちそう……。

その時だった。絵理奈が突然「伏せて！」と叫んだのだ。見ると、店の入口の自動ドアから高橋さんが出て来たところだった。車内で身をかがめ顔だけをわずかに出し観察する。

「誰かを待ってるみたい」

楓の言うとおり、高橋さんはあたりを見回してから建物の角に移動した。かろうじて姿が見えている。

「これからどこへ行くんだろう」

小声の絵理奈に、「デートではなさそうだね」と楓が推理をはじめた。

コンビニの制服を脱ぐついでに着替えたのだろう、高橋さんは黒い上下のジャージを着ている。髪はうしろでひとつに結び、メイクもしていない。黒いマスクのせいで、私たちと同じく変装しているみたいに思える。

「怪しい。いつもはジーパンなのにあんな恰好するなんて」

楓がバレないようにスマホで写真を撮ろうと構え出す。さすがに目立ちすぎだろうと注意しようとしたその時だった。

「あ、あの車！」

楓が身を乗り出し指さしたので、慌てて体を引っ張った。

ウインカーを出し駐車場に入って来たのは白い軽トラックだった。高橋さんが軽く手を

あげ、駆け足で助手席に乗り込んでいく。太陽のせいで運転席がよく見えない。おそらく

……男性？

「絵理奈、早く！」

「あ、うん」

エンジンをかけた絵理奈がアクセルを踏むが、タイミング悪くなかなか車道に出られない。やっと走り出したときには、数台先に高橋さんの乗った車がかろうじて見えていた。

「あれは不倫ね。もしくは結婚詐欺。あたしの予想は大正解ってとこかしら」

自慢げに言う楓だけど、果たしてそうだろうか。もしもそうだとしたらあまりにも安っぽい恰好だ。普通、もっと自分を着飾るものじゃないのかな。

「ねえ」ハンドルを両手で握ったまま絵理奈が言った。

「もしもそうだったとして、未来はどうする？　問い詰める？」

「うーん。どうだろう、なにもできないかも」

「なによそれ」

楓が顔だけこっちに向いて異を唱えた。

「誰のためにここまで調査してると思ってるのよ。男をたぶらかしているようならやっつけちゃうに決まってるでしょ。もしくは、龍介さんに証拠写真を送るの」

送ると言っても、もう居場所さえわからないのに。はっきりしない私に楓が呆れたように目を細めた。

「ひょっとして、静岡葬祭の営業マンにもう心を奪われたってこと?」

「違うよ」

これだけははっきり否定できる。万が一、猪狩さんがそういう気持ちであったとしても、受け入れることなんてできない。

「じゃあどういうことよ」

「楓、口数が多すぎ。未来にちゃんと話をさせてあげて」

絵理奈の忠告に楓は「ふん」と言葉に出して前を向いた。攻撃するくらい吹きつける風から目を逸らし、握りしめた両手を見つめる。

「今私が知りたいのは、龍介の居場所だけなの。別れを告げられて、マンションも引き払って連絡先もわからなくなって……。だけど、信じてる」

「それって――」

言いかけた楓が思い出したように口をつぐんだ。

そう、まだ龍介を信じている。

「あきらめが悪いとか、ストーカーっぽいって自分でも思う。ふたりにも迷惑かけてるな、って。でも、目に見えることだけが真実じゃないって気づいたの。だからもう一度だけ会いたい」

「あ、右に曲がった」

楓の報告にうなずくと絵理奈がウインカーを出す。

「会ってどうするの？」

口を閉じる私にやさしく絵理奈が尋ねた。

「分からないよ。でも、会わなくちゃいけないって思うから」

「なら、会うしかないよね」

「だね」と楓も帽子の位置を直しながら言ってくれたから私はうれしくなる。

ようやく軽トラックに追いついた。車間を取りながら、車は細い道へ進んでいく。

「安間さんと昨日飲みに行ったの」

絵理奈の声にビクンと体が跳ねた。明日、病院営業へ行ったら彼に会いに行こうと思っていたところだった。

「仕事の相談をしながら交友関係についても尋ねたの。親友の話になって、私は名前を出さずにふたりのことを言った。名前を言わないのは安間さんも同じだったけれど、確実に龍介さんと思われる人のことを話してた。でも……」

「でも？」

　食い気味に楓が聞くと絵理奈はため息をついた。

「絶交してるんだって」

「絶交……？」

　どうしてあのふたりが？

「詳しくは話してくれなかったけれど、安間さんすごく怒ってた。これは私の予想なんだけど、ひょっとしたら高橋さんのことを聞いたんじゃないかな」

　安間さんは正義感が強くて曲がったことが嫌いな性格だと聞いていた。そんな彼を怒らせたとしたら、絵理奈の推理が当たっている可能性は高い。

「そんなことまでして調査してくれたんだ。さすがはあたしの助手だわ」

　感心する楓に、そういえばと思い出す。

「安間さんって彼女いないんじゃない？」

　龍介はいつも安間さんのことを心配していた。理想が高すぎて長年恋人ができないままらしい。

「やめてよ。しばらくそういうのはこりごりなの」

　表情は見えなくてもしかめっ面をしているのは伝わってくる。

「あら、恋愛に休息は必要ないのよ。こういうのはタイミングなんだから。絵理奈にそのつもりはなくても、安間さんからすれば若い女性とふたりっきりだし、その気になったかもしれないよ」

帽子の先をあげて茶化す楓に、絵理奈は「違う」とはっきり言った。

「そんなこと言うならもう調査しない。安間さんとは病棟は違えど、同じ職場なんだからね。もう、職場内恋愛は二度とごめんなの。それに……」

しばらく間を取ってから、絵理奈は続けた。

「そういうことがないように、友達に同席してもらったから」

楓が私をチラッと見たので、自分じゃないと手を横に振る。今度は『質問しなさい』とあごで合図されたので、仕方なく尋ねることにした。

「その友達って、誰のこと？」

「友達は友達よ」

怪しすぎる。自分でも分かったのだろう、絵理奈はため息と一緒にその名を言った。

「文弥君」

「ええ！　あの婚活男子のこと⁉」

これには私も本気で驚いた。まさかあのあともふたりで会ってるとは思ってもいなかった。

「そういうんじゃないって。友達として同伴してくれただけ。もうこの話はおしまい」

ハンドルを両手で握ると絵理奈は姿勢を低くし、探偵ごっこに戻ってしまった。あまり茶化してもいけない、と私も口をつぐんだ。

「あたしは聞きたい。車が停車するみたい」

「待って。ねえ、なんで――」

絵理奈が指さす先に、歩道に寄せてスピードを落とす軽トラックが見えた。ハザードを出し、濃い緑色の建物に横づけするように減速している。

「どうしよう」

「そのまま通り過ぎて。次の交差点でUターンしよう」

焦る絵理奈に、帽子を目深《まぶか》にかぶった楓が指示を出す。その声が耳のそばをするりと上滑りしていく。

「そんな……」

体から温度が抜けていくような感覚だった。真夏のはずなのに、雪の中に放り出されたかのように寒い。

「未来、どうかした?」

楓の声にも答えられず、体をギュッと抱きしめる。

軽トラックが停まった建物を見たときに分かった。まるで、バラバラになったパズルのピースが秒でピタッと収まるような感覚だった。

「私、分かったよ。全部、分かったの」

なぜ私の恋が終わったのか、なぜ龍介が去ってしまったのか。

そして、自分がこれからなにをするべきなのかも。

第六章　二人の未来

三階のエレベーターを降りると、受付で教えられた通りに右に曲がる。薄い青色の壁紙は、今日の天気を反映しているみたい。窓だらけの廊下の向こうには浜松市《はままつ》の青空が広がっていた。

悲しみは、空が青色でも灰色でも同じように胸を締め付ける。

『303』というプレートを確認してから静かに息を吐き出した。意識してもっともっと吐き出してみる。

私はちゃんと気持ちを伝えられるのだろうか。繋《つな》がっていると信じていたふたりの絆《きずな》を確かめられるか、それとも幻だと言われるのか……。

やめよう。あれこれ予想するよりも、感情のまま伝えてみるしかない。

三回ノックをしてから扉を引くと、細長い通路の先に明るい部屋が見えた。左側にはトイレとシャワールームがあり、奥にはベッドが一台置かれていた。

その向こう、窓際の椅子に龍介が座っていた。読んでいた本からゆっくり顔をあげると龍介は私を見た。

――やっぱりここにいたんだね。

泣くかな、と一瞬思った。それ以上のよろこびが胸にあふれ、私は自然に笑みを浮かべていた。

「龍介」

愛《いと》しいその名前を呼びながら、私は昨日のことを思い出す。

□□□□□

「なにがわかったのよ」

Uターンする車の遠心力に耐えつつ楓が尋ねた。絵理奈もハンドルを切りながらミラー越しに私を見た。

白い軽トラックは駐車をし、運転席から降りて来た中年男性がさっさと建物へ入っていくのが見えた。高橋さんもそれに続く。

「あの、ね……」

なんて言えばいいのだろう。氷のように固まっていた疑問がサラサラと水のように流れ出したような、ダムが決壊したような……。

三人で軽トラックを追いかけ、深緑色の建物を見た瞬間すべて分かったのだ。でも、どう説明していいのか混乱している。

「とりあえず、あそこに停める？」

楓が絵理奈に尋ねた。ふたりが消えた建物の手前にコインパーキングがあった。駐車するのと同時に外に出た。

セミの鳴く声がいろんな方向から聞こえている。アスファルトの照り返しが強く、道の向こうは陽炎《かげろう》で揺らめき燃えているようだ。

「待って待って」

赤い帽子がドアの隙間に引っかかったらしい。楓の声を背に建物の前へと早足で急ぐ。

公民館のような四角い建物は古く、深緑の壁は最近塗り直されたらしいがどこかアンバランスな雰囲気を醸し出している。

「待ってってば」

「どうしちゃったのよ」

追いついたふたりが、建物の玄関右手に掲げられている木製の看板を見て絶句する。

『劇団はままつ　菊川支部』

汚れたガラスの向こうにはたくさんの脱ぎ散らかした靴が見え、今まさに靴を脱ごうとしていた高橋さんと目が合った。

ひどく狼狽した表情を浮かべたあと、高橋さんはサッと体ごと背を向けた。まるで、丸見えのかくれんぼうをしているみたい。

すぐに観念したのだろう、目を伏せたままこちらに歩いてくる。

ドアが開かれると、奥から発声練習をしている声がかすかに聞こえた。高橋さんはドアを閉めてから、私に向かって深く頭を下げた。

「このたびはすみませんでした」

しおれた花のように体を折ったまま動かない高橋さん。

「すみませんじゃないよ！」

楓が私を押しのけた。

「楓」

状況を理解していない楓の腕を引っ張ると、赤い帽子がおでこにぶつかった。それでも楓は怒り心頭で高橋さんに詰め寄る。

「人の彼氏を奪っておいて、謝って許されると思わないで！」

「違う。楓、違うんだって」

必死で押し留める私に、「あっ」と絵理奈が察したようにもう一度看板へ顔を向けた。

「ひょっとして、演技だったってこと？」

うなずく私に、楓が「は？」となり声をあげる。

「あの、私……」

おずおずと顔をあげた高橋さんは、これまで会った時とは違った。表情や醸し出す雰囲気、声のトーンが弱々しく怯えている。

瞳に涙を浮かべた高橋さんにうなずいてみせた。

「大丈夫です。もう全部分かったから」

「あたしはちっとも分からないんですけど？」

不満そうな楓を、理解したであろう絵理奈がうしろへ引っ張った。

「未来、説明してあげて」

うん、とうなずき高橋さんへと向き直る。

「高橋さんは、ここの劇団員だったんですね。高橋満里奈というのは芸名ですか？」

「……はい」

やっぱりそうだったんだ。楓じゃないけれど探偵になった気分。謎を解き明かす感覚と、自分が信じていたものが正しかったという高揚感でいっぱいになる。

「高橋満里奈として龍介や私たちに会っていたのですね。龍介とは元々知り合いだったのですか？」

「いえ、違います。劇団長を通じて……依頼を受けたんです」

「龍介の新しい彼女を演じるよう依頼されたんですね」

「すみ……ませんでした」

ぽろりと涙をこぼした高橋さんはジャージのポケットからハンカチを出して目を覆った。

「なによそれ」またうなり声がした。

「なんでそんなことする必要があるのよ。いくらお金のためだからといって、別れさせ屋みたいな仕事をして心が痛まないわけ!? ぜんっぜん納得できないわ！」

咆哮《ほうこう》をあげた楓がつかみかかろうとするので再度止めに入る。

「楓！」

「ひどいじゃない。未来がどれだけ……どれだけ悲しかったか！ どんなに苦しんだかも

いる。

すごい力で私を押しのけようとする楓の向こうで、絵理奈も唇を噛んで高橋さんを見て

知らないで！」

「聞いて、きっと最初はそういう依頼じゃなかったんだよ」

「違わない！　あたしなんて謹慎くらったんだからね！」

やはりそっちの怒りも相当大きいようだ。

「落ち着いてよ。高橋さんは、違う説明を受けていたはず。そうだよね？」

怯えながらうなずく高橋さんに、やっと楓は動きを止めてくれた。

高橋さんはボロボロ泣きながら「あの」と消え入りそうな声で言った。

「別れた彼女がストーカーになったと聞きました。元カノがあきらめるようにデートをして、マンションに現れるタイミングで新しい彼女のフリをする、と……そういう依頼だと聞いていました」

がっくりと絵理奈が肩を落とした。

「そういうことだったんだ。龍介さん、そこまでやったんだ」

「なによ。なんであたしだけ分からないのよ」

不満げな楓を無視し、絵理奈は疲れた顔で私を見た。

「私が土曜日の午後に図書館へ行ってること、龍介さんに話をしてたんだね」

「たぶん……なにかの話で言った気がする」

「龍介さんは私に見せるために高橋さんと図書館に行ったんだね」

ようやく理解したのだろう、楓がパッと顔を輝かせたあと不謹慎だと思ったのか表情を硬くした。

「浮気してるって思わせるため？」

そうだ、と絵理奈がうなずいた。

「でもおかしいじゃない。婚活パーティには本名で参加してたじゃない。そもそも新カノを演じる人が参加してたらマズくない？」

鼻をグズグズと鳴らしながら、高橋さんは何度もうなずいた。

「あれは……プライベートだったんです」

「だよね」と私が引き継ぐ。

「あの婚活パーティでは高橋萌絵という本名で参加してた。まさか私たちに会うなんて思ってなかったんだよね？」

「はい……。写真は見せてもらっていたのですが気づかなくって……」

トイレで会った時、高橋さんはメイクをしていた。『満里奈』として龍介のマンションへ向かうところだったのだろう。ターゲットが隣にいるとも知らずに結婚観について語ってくれた。

ポンと楓が手を打った。

「だからあたしが、未来と龍介がまだつき合っているって言った時、すごく驚いてたんだね。逃げるように消えちゃったもん」

「依頼内容と違う、と劇団長に詰め寄りました。でも、もうあとには引けなくって……。うちの劇団、経営が厳しくてこういう仕事もこなさないとやっていけないんです」

龍介のマンションを訪れた夜、彼女は龍介に『最低』と言い放っていた。あれは、本心から出た言葉なのだろう。

ふん、と鼻から息を吐いた楓が両腕を組んだ。

「つまりこういうこと？　この劇団では舞台とかだけでなく現実の社会で何者かを演じるような仕事もしている。それに龍介さんが依頼をした。内容は、ストーカー化した元カノをあきらめさせること」

ようやく落ち着いたのだろう、高橋さんはしっかりとうなずいた。

「やるしかない、と思って。アパートの前で会った時、演技とはいえひどいことを言ってしまいました。申し訳ありませんでした」

あの時、一瞬だけど高橋さんの態度に違和感を覚えたはず。それなのに、原因が分からずスルーしてしまった。

「ひとつだけ聞いていい？」

絵理奈の問いに高橋さんは「はい」と声に力を入れた。

「そこまでして龍介さんは新しい彼女がいるフリをしたかったんだよね？　それってなんのために？」

「私も分からないんです。劇団長と揉めたあと、一度電話で龍介さんに尋ねました。別れたいのならこんな回り道しなくても直接伝えればいいのに、って。でも、答えてはくれませんでした」

真っ赤な鼻で答える彼女は、罪悪感と戦いながら過ごしてきた。私もそうだし、ほかのみんなも同じ。

龍介の考えていることが頭のなかで強い輪郭《りんかく》を形成しはじめる。大丈夫だよ、大丈夫。自分の背中を二回叩いてから、改めて高橋さんに視線を向ける。

「今回の依頼は一応成功したって扱いになってるんですよね？」

「はい、すみません」

「それならいいんです。色々ありがとうございます。やっと謎が解けた気がしています」

きょとんとする高橋さん、同じように目を丸くしている楓。そして私は絵理奈に向き合う。

「あのね、絵理奈にお願いがあるんだけど」

「分かってるよ」

さみしげにうなずく絵理奈が、ポケットからスマホを取り出した。さっきよりもセミは悲しげに泣いている。

□□□□□

私の話を聞いている間、龍介は窓辺の椅子に座ったまま本の表紙を見つめていた。クーラーの効いた個室は、病院というよりワンルームのマンションにいるみたい。入口側には小さなキッチンや冷蔵庫も置いてある。

「そのあとはどうしたの？」

くぐもった声で尋ねる龍介。久しぶりに会ったのにまだ向き合えてないことをひしひしと感じる。

「安間さんを喫茶店に呼び出してもらったの」

急いで店に駆けつけたであろう安間さんは、私がいることに気づき硬直してたっけ……。昨日の話なのに、ずいぶん前のことのように思える。

視線を避けるように龍介がするりと立ちあがった。

「あいつ、なにをバラしたんだろう」

大事な話なのに冗談めかした口調でベッドにごろんと横になり、目を閉じてしまう。ここに来ることを悩まなかったと言えばウソになる。すべて理解したあと、楓と絵理奈に相談した。家に戻ってからは家族にも話をした。誰もが驚き、そして私の出した結論を支持してくれた。

これから龍介にそのことを伝える。私の希望を龍介は受け入れてくれるだろうか。それとも、拒否するのだろうか。

「登山に行くのも、骨折したのもウソだったんだよね？　検査入院を隠すためだったの？」

「……ごめん」

龍介はずいぶん痩《や》せていた。頬がくぼみ、体もひと回り小さくなったように思える。顔色は悪くないように見えるけれど、確実に病が体を蝕《むしば》んでいるんだ……。

「病院で安間さんを見かけたのは偶然だった。一緒に登山しているはずなのにどうして、って疑問を持ったのがきっかけ。安間さんと口裏を合わせてなかったの？」

「病気については伏せてもらってたけど、検査入院するためにウソをついてることは言ってなかった。あいつ、未来があとをつけていることに気づいて慌ててトイレに逃げ込んだんだって」

淡々と話す声が少しかすれている。

「電話で作戦会議をしてたんだね」

「病気のことがバレるのが怖かった。哲央は電話のあと、こっそり内線用のＰＨＳで看護師に連絡して、俺が骨折しているように偽装するように言ってくれたんだよ。俺は病気のことを他言しないようお願いしてたから」

懐かしむように目を細めた龍介。もっと違和感を追及できていたなら、なにかが変わったのだろうか。今となってはもう分からない。

さっきまで龍介が座っていた椅子をベッドのそばへ動かし、腰をおろした。

「検査入院は二度目だった、って聞いたよ」

「そこまでバレてるのか」

軽い口調でも笑みは消えている。

「治療のため転院することになっても、私には教えなかった。むしろ、高橋さんを雇って
ウソ恋人になってもらった」
楓や絵理奈は不思議がっていた。『どうしてそこまでするの？』って何度も聞いてきた。
「龍介は、私から別れるように仕向けたかった。ウソの浮気を仕立てあげ、あなたのこと
を恨むように、冷めるように。そうだよね？」
「………」
「病院で会った日を覚えている？　あれは私を探しに来たんじゃない。紹介状をもらいに
来たら私と鉢合わせしちゃったんだよね？」
ぎこちなかったのはそのせいだ。あの日、浜松市にあるこの病院への紹介状をもらった
と安間さんは教えてくれた。引っ越しをしたのも、もう戻れないと知っていたから……。
悔しそうに顔を歪める龍介。まるで透明の固い殻で覆っているみたいだ。真実ははっき
りと見えているのに、これ以上は近寄るなと言われている気がして口をつぐんだ。
でも……これを割らないと龍介の本当の気持ちには触れられない。
もう逃げるのは嫌。私はこれ以上、真実から目を逸らさない。
「それは、私を置いていなくなるから」
「……もういいよ」

「私が悲しまないように、先に嫌いにさせたかった」

「いいって」

「ねえ教えて。龍介の病気は――」

「やめろよ!」

ガバッと起きあがった龍介の叫びはナイフで刺されたように胸に痛い。だけど、だけど……。

「ずるいよ」

背中を丸める龍介に言う。

「龍介は最後まで私には内緒のままでいなくなろうとしてる。安間さんが私には伝えるべきだって何度説得しても応じなかったんでしょう? それが原因でケンカしているのも聞いたよ」

最初は安間さんにも内緒だったらしい。具合の悪さに気づいた安間さんが強引に診察に連れて行った。診察後、改めて別日に検査入院をしてようやく病名が分かったと聞いている。

マンションを引き払い浜松市へ越した。病気が進行すればいずれホスピスへ入院することも決まっている。

私にだけは隠したかった事実が、私がいちばん知りたかったことなんて悲しい。

「だったら……もういいだろ。これ以上、なにも言いたくないよ」

声を震わせる龍介の背中にそっと手を当てる。

「私は言ってほしかった。龍介に起きていることをちゃんと知りたかった。あなたの悩みに私を巻き込んでほしかった」

「それができないから俺は……」

ずっと強い人だと思い込んでいたから彼の悩みに気づけなかった。彼も同じ。私を弱いと思っていた。きっと守ろうとしてくれているんだって今なら分かる。

「龍介の作戦は失敗だよ」

「……………」

口をへの字に結んだまま、チラッと私を見てくる。

「だって私は龍介を嫌いにならなかった。むしろ、違和感ばっかり大きくなっていった。手紙の暗号もすぐに分かったし」

「ああ……」

彼の体から力が抜けるのを見た。肩を落とした龍介がベッドの下に足をおろして座り直す。

自分の背中に手を回してポンポンと軽く叩いてみた。大丈夫、と自分に言い聞かせる。大丈夫、できるよ。ちゃんと彼に思いを伝えられる。

そんな私を見て、龍介は少し笑ったあと肩で息を吐いた。

ポンポン。彼も同じように自分の背中を叩いてから「俺さ」と、弱い声で言った。

「自分は若いうちに死んじゃうって思ってたんだ。うちの家系は早死にする遺伝みたいなのがあって、今じゃほとんど全滅状態だろ？」

もう龍介はまっすぐ私を見つめてくれている。やっと彼の心と向き合えているような気がした。

「昔から覚悟して生きてきたんだ。親戚のなかには死を回避しようと、毎月健康診断を受けてた人もいたけれど、その人たちは事故で亡くなった。ウソみたいな話だけど、運命から逃れることなんてできないんだよ」

口を挟まずにうなずいてみせる。今は龍介に語ってもらいたかったから。

「だから俺は、若いうちにやりたいことをやろうって。会社に属すると健康診断も必須だろ？　そんなことで死の予告をされるなんてまっぴらだと思った。自分の好きなことを好きなだけやっていたほうが悔いが残らないはずだ、って。結婚しても相手を悲しませるだけだから、ひとりで生きてひとりで死ぬつもりだった」

両親を早くに亡くし、次々に親戚もこの世を去っている。いつ自分の運命が尽きるかと考えながら生きる日々は、どれほどつらいのだろう。どれほど悲しいのだろう。

龍介は遠い青空に目をやった。

「なんにでも興味を持って、そこに突っ走ったかと思えば次のことにも手を出していた。他人から見れば楽しそうに見えただろうな。本人は、見えないタイムリミットと必死で戦ってるのにさ。積極的で人懐っこいくせに自暴自棄、ってのが本当の俺だった。いつ死んでも構わないって思ってたんだ」

ゆっくり私に顔を向けた龍介は、さみしそうにほほ笑んだ。

「だけど、ある日——未来と出会ってしまったんだ」

「私と……」

無精ひげをなぞるように触ってから、龍介は背すじを伸ばした。

「君との未来を夢に描いてしまったんだ」

あの日のプロポーズと同じ言葉なのに、それは後悔のように耳に届いた。なんて悲しい言葉なのだろう。

「父親は成人T細胞白血病で、母親は事故で亡くなったけれど、どちらも俺が物心ついてからのこと。だとしたら、時間は残されているのかもしれないって思い出した。プロポーズをしてからは、未来との生活について考えるようになった。仕事を整理し、事故の危険性があるようなものにも近寄らなくなった」

ああ、だから遊園地やアスレチックなど、少しでも危険のあるものを避けていたんだ……。車だって慎重すぎる運転なのも、そうだったんだ。

ふと、龍介が首をゆるゆると横に振った。それだけで室内の空気が重くなったように感じた。これから確信を突く話をしようとしていることが分かる。

「半年前――体調がおかしいことに気づいたんだ。自覚症状が出ても、勇気が出なくてなかなか病院へ行けなかった。哲央が気づき、無理やり受診させられた。すい臓がんという病気が俺を殺すんだって」

あきらめたようにうなだれてから、「ごめん」と龍介は言った。

独白のようにつぶやいたあと、龍介は自嘲気味に笑った。安間さんに病名を聞いた瞬間に、龍介がしようとしたことが分かった。

「失敗じゃないよ。だって、はがきに本当の気持ちを書いてくれたじゃない。あのメッセージがあったから、また会えたんだもの」

静かにうなずいたあと、龍介は目を閉じた。

「ちゃんと別れようと思った。それが未来のためになると本気で信じていた。でも……やっぱり君を愛している。心のどこかで未来に気づいてほしかったのかもしれない」

涙声で語る龍介は、ずっと同じ気持ちでいてくれたんだ。息苦しさを覚えると同時に視界がゆがみ、涙が頰を伝っていた。

泣いちゃダメだと言い聞かせる。一番悲しいのは私じゃない、龍介なんだから。唇をぎゅっと閉じ、鼻から息を吐き出した。

「どうして治療をしないの?」

安間さんが怒っているのは、龍介が治療を拒否しているからだと聞いた。詳しく話してはくれなかったけれど、きっと抗がん剤治療のことだろう。

黙りこくる彼の隣へ移動した。しばらくうつむいてから龍介は首を静かに横に振った。

「あきらめたわけじゃないんだよ。今ではステージ4の診断をされたけれど痛み止めさえあれば動くこともできる。治療で臥せるより、やるべきことをしたかったんだ」

やるべきことが、私と別れることだった。私が悔いなく生きられるようにすること。

「今からでも治療をすることはできないの?」

尋ねる声が気弱になっていることに気づき、「だって」と語気を強めた。

「龍介の作戦は失敗したわけだし、治療するべきだと思う」

「さっきは失敗じゃない、って言ってたくせに」

冗談めかせて言ったあと龍介は、私を見た。

「もうできることはない。もうすぐこの病院も退院させられる。あとは在宅療養を続け、来《きた》るべき時が来たらホスピスへ入院することになっている」

なぜだろう。こんな話なのにお腹のあたりにモヤモヤとした感情が生まれている。

「俺が未来にできることはまだあると思う。今、ここでちゃんと別れて欲しい」

自分の心の中を覗いてみるとモヤモヤの正体がはっきりと見える。それは怒りだった。

「今日から未来は俺を忘れて、新しい人生を生きてほしい。それが俺の願いなんだ」

怒りは急速にお腹のなかで渦巻き、喉元へと湧きあがってくる。

「……なにそれ」

つぶやくような細い声がこぼれた。なにか言いかけた口を閉じ、龍介が目を丸くしている。

「治療よりも私と別れることが最優先ってなに？　私が龍介を忘れて生きることが願いってなんなの？」

「きっといつか分かる日が――」

「分かりたくない！」

怒りに身を任せて立ちあがると、龍介は目を伏せた。

「いつもひとりで考えて答えを出して、その答えすら言わずに消えるなんてひどいよ。私に出会ったから生きたいと願った、そう言ったよね？　それならどうしてあきらめるのよ。どうして私だけが蚊帳《かや》の外なのよ！」

涙を見せたら彼はまた殻に閉じこもってしまう。それなのに、それなのにボロボロとまた涙があふれ、視界を濁らせる。

「違うの。自分が悔しいの。どうして龍介に起きていることに気づけなかったのかって。口では『信じてる』って言ってても、どこかで不安だった自分が許せないだけ」

怒りの矛先は自分自身だった。いくらでも気づくチャンスはあったのに、目に見えることばかりに振り回されていた。

床に膝をつくと、龍介は顔を逸らした。その瞳にも涙が滲んでいる。

「龍介の願いは、私に前向きに生きてほしいこと。私の願いは、龍介と一緒にいること。ふたりの願いは、病気と最後まで戦うことだと思う」

「……負けがもう目の前にあるんだよ」

どれだけひとりで悩んできたのだろう。傷ついてボロボロだったのに、私のためにバトンをつなごうとしてくれていたんだね。

「それでも戦いたい。今この瞬間はすぐに『過去』になるけれど、一秒後は『未来』なんだよ。私との未来を夢見てくれたのなら、この瞬間から一緒に生きようよ」

それでも龍介は困った顔のまま壁紙を見つめている。

「絶対にできるはず。ね、見て」

肩に手を回し、自分の背中をポンポンと叩いた。

「龍介がくれたおまじない。これを続ければ、力が出るんだよ」

龍介は大きく息を吐くと、同じように背中を叩いた。

「この動作だけでずいぶん体が痛いんだけどな」

「できなくなったら私がするから」

「未来は頑固だからな」

ぼやく彼が私を見て口角をあげてくれた。

「おいで」

龍介の胸に飛び込むのに迷いなんてなかった。

久しぶりに感じる龍介の温度に目を閉じる。病気なんてなかったみたいに強く抱きしめ返される。

これが全部夢ならいいのに。もう一度、プロポーズの時に戻れたらいいのに。

ううん、違う。過去じゃなく未来を生きなくちゃ。そのためにつけてもらった名前だもの。私なら……私たちならできるはず。

「ごめんな、未来、未来を生きよう。生きて生きて生き抜いてやろうよ」

もう泣かないよ。どんな結末が待っていたとしても、この瞬間から私たちはふたりでひとつなのだから。

「俺さ、今、願いごとが変わった」

龍介が私の肩を持って体をはがす。目の前に彼の真剣なまなざしがあった。

「未来に依頼したいことがある」

「依頼って？」

「がんばってがんばって、それでもいつか俺が倒れたら……未来の手で俺を見送ってほしい。俺の葬式を未来に執り行ってほしいんだ」

きっとこれまでの私なら断っていただろう。生きる約束をしたばかりなのに、って泣いてしまったかもしれない。

大切なのは、どう死ぬかじゃなく、最後までどう生きるかということ。だとしたら私は……最後まで生き抜いた彼を称《たた》えたい。

「わかった。その時は私がちゃんと龍介を見送るよ」

安心したようにほほ笑む龍介に、私もうなずいた。

隣に腰をおろし手を握れば、彼の温度が感じられる。このぬくもりが消える日を、もう私は恐れないだろう。

私たちの未来予想図は消えたのではなく、新しく作り替えられたのだから。

未来へ

君にはがきを書くのは、これが最後になるだろう。

右手の震えがひどく、乱れた字になっていてごめん。

野坂《のざか》病院緩和ケア病棟のスタッフは親切だよ。

未来へのはがきを書きやすいように今も背中を支えてくれている。

ラストレターにはなにを書こうかとこの数日それればかり考えていた。

意外に、これまでにも手紙で伝えたことがある内容ばかり浮かんで困惑したよ。

がんばっている君が好きだった。

叶わない願いを叶えようとする君が好きでたまらなかった。
外野の声に耳をふさぐ俺に、君の声だけはクリアに届いていた。
ややこしい俺を守ってくれてありがとう。
君に最後に伝えたいことがあるんだ。
また、会おう。また、きっと会おう。
好きな人に好きだと伝えられたこと、忘れないよ。
よい人生だとふり返れるのも、未来に出会えたから。
うしろ向きになる日は、自分の背中を叩いて励ましてあげて。
二度目の「はじめまして」を楽しみに、俺はしばらくの間、眠ろうと思う。

君の未来で　龍介

エピローグ

会館の扉を開けたとき、夏は終わったんだなと理解した。

まぶしい日差しに先週ほどの暑さはなく、セミたちも歌うのをやめてしまっていた。季節は足早に傾き、やがて今も過去になっていくのだろう。

通常なら参列者が外に並び、火葬場へ向かう故人を見送る時間。が、本人の希望でこの式では様々なことが省かれている。

頭を下げ、最後の参列者を見送った。

「藤原さん」

小声で隣に並んだのは、猪狩さん。

「火葬許可証はどうしますか？」

「ああ、そうでしたね。私が預かります」

喪主がいない場合、葬儀はせずに納棺後すぐに火葬するケースが多い。今回は、私が喪主代行となり葬儀をおこなった。スタッフと兼務しているからいつもと勝手が違う。

「いい式でしたね」

祭壇に目をやり猪狩さんが静かに言った。

写真の中の龍介は私を見て笑っている。プロポーズのあと車中で撮影した写真だ。彼は自分の遺影に旅行先で撮った自撮り写真を推していたけれど、最後は折れてくれた。

祭壇脇に設置されたテーブルの上には、スマホが並び、彼が作ったアプリが表示されている。その端っこに自撮り写真も置いてある。

「今回はお忙しい中、お手伝いをいただきありがとうございます」

猪狩さんから連絡があったのは、龍介が亡くなった直後のことだった。和尚さんに連絡を入れ、龍介から渡されていた連絡リストの順に伝えているさなか、『手伝わせてほしい』と連絡が入ったのだ。

「お気になさらず。これは偵察の一環ですから」

真面目な顔で答える猪狩さんが、仕事外で来てくれたのは明らかだった。式に駆けつけてくれた三浦さんの情報によると、私と龍介がふたりで葬儀を計画していることを知り、なにか手伝えないかと悩んでいたそうだ。和尚さんも同じことを言っていた。

「片づけは任せてください」

礼をしたあと、猪狩さんは祭壇へ向かって歩いていく。軽やかな髪がよく似合っている。

奥では、陽菜乃と母が片づけをはじめている。入れ替わるように珍しく喪服姿の父がやってきた。

「これが本当の家族葬って感じだな」

ニヤリと笑う父が遺影を手渡してきた。久しぶりに家族全員で葬儀を執り行うことができたのも龍介のおかげだ。

「和尚さんへのお礼は――」

「気にするな。それよりさっさと火葬場へ行け」

龍介と過ごす時間がほしい、と言った時も『気にするな』と父は言ってくれた。母の話では、それ以来、真面目に手伝ってくれていたそうだ。

霊柩車《れいきゅうしゃ》の助手席に座ると、運転手がドアを閉めてくれた。

『霊柩車ってさ――』

龍介の言葉がふわりと蘇《よみがえ》った。

あれは、ふたりで葬儀の内容についてまとめている時のことだ。外ではひどい雨が降り続いていた。

痛み止めの薬により眠っている時間が増えた龍介の隣で、パソコンを打っていた時間を思い出す。

『ねえ』と半分眠ったような声で龍介が言った。

『霊柩車に乗ったこと、ある？』

「ないよ。いつも見送るだけ。……お水、飲む？」

吸い飲みに手を伸ばす私の手を、彼は握った。びっくりするほど冷たい手に固まる私に、彼は天井を見たまま続けた。

『俺も見送る側だったけど、たいてい霊柩車に乗る羽目になってた』

「うん」

『霊柩車ってさ、故人が戻ってこないように行きと帰りでは違う道を選ぶんだよ。その間、俺はずっと故人と話ができる。葬儀では参列者に気を遣うばかりだけど、車の中は親しい人だけになれる。といっても最近は俺ひとりのことが多かったけれど。最後の対話では、どんなに遠い親戚でも、すぐそばにいるように感じられるんだよ』

最後の方はかすれて聞こえなかった。

今、こうして位牌とを手に助手席に乗ってみて分かった。彼の息遣い、体温、話し方や思い出が、脳裏で肌で心で感じられる気がする。

——龍介。

声をかけてみるけれど、龍介が言っていた『話ができる』は叶いそうもなかった。ついにひとりぼっちになったという悲しみと戦うことに必死だったから。

泣かない、という誓いはひとりになると簡単に破られてばかり。龍介に気づかれないようにすることだけに注視していたけれど、今思うとバレていたのかもしれない。

車は知らない道を選び、やがて山道をのぼりはじめる。私たちのクライマックスがすぐそばにあるようで、私はまた悲しくなる。

火葬場での儀式のことを『納《おさめ》の式』と呼ぶ。和尚さんがお経を読み、参列者が焼香をし、最後の別れをする。収骨までは手配していた別室にて火葬が終わるのを待つ時間となる。

和尚さんが『外の空気でも吸いに行きましょう』と言ってくれたのは、私を気遣ってのことだろう。現に、和尚さんはベンチに座った私を遠くで見守ってくれている。

龍介が最後にくれたはがきを読み返す。何度も何度も読みなおし、たまに煙突をぼんやりと眺めた。

「『君の未来が輝くように』、って龍介さんらしいね」

声とともに目の前に缶コーヒーが差し出された。

「楓。火葬場まで来てくれたんだ？」

「当たり前でしょ」と右に座ると、楓はあごで私の左側を指した。絵理奈が左の席に着くところだった。

「ありがとう」

コーヒーは冷たく、まだ暑い午後によく似合った。

「楓の彼氏さんは？」

葬儀に参列してくれたのを思い出して尋ねる。楓と岩本さんは正式に恋人になったそうだ。ふたりで龍介の見舞いにも何度か来てくれた。

「仕事に戻った。てか、今はそんな話どうでもいいの」

顔を赤らめる楓がかわいい。メイクもずいぶんナチュラルになり、必要のないブランド品はリサイクルに出したそうだ。

「これが例の暗号はがきね。前はちゃんと見られなかったし」

絵理奈が私の肩をさりげなく抱いた。

絵理奈もついに文弥君の告白にＯＫしたと聞く。ふたりの変化がなんだかうれしいこの頃だ。

龍介からもらったはがきに目を落とす。

今となってははがきでよかったと思う。ＬＩＮＥやメールでは埋もれてしまう気持ちを、何度も読み返すことができるから。

「どんな最期だったのか、聞いてもいい？」

ふたりで話し合ったのだろう。さりげない口調で楓は言うけれど、絵理奈の心配そうな瞳が視界の端に映っている。うなずく私にホッとしたのも抱きしめる腕の力で感じられる。

「あの日はね――」

話し始めると同時に、雨の音が聞こえた気がした。思い出はいつも風景や音、匂いをリアルに蘇らせる。

龍介は最期、穏やかに息を引き取った。そう言い切りたいけれど、実際は彼にしか分からないことだろう。

水分すら摂れなくなった龍介の唇は乾いていた。水で濡らした脱脂綿で唇を湿らせている時、彼が薄目を開けた。私に気づくと、『ああ』と口の動きだけで言った。それからなにか口を動かそうとしていたけれど、やがて目を閉じた。

——それが彼の最期だった。

「映画みたいな終わりじゃなく、あっけなく逝っちゃった」

「そっか」と、楓は私の缶コーヒーのプルタブを開けてくれた。

「きっとそこに書いてあることを伝えたかったんだよ」

はがきに目を落とす。

きっとそうだろう、そうだよね、そうなんだ。

亡くなった人の気持ちは分からないけれど、私は最期の瞬間まで龍介のそばにいられた。ある日突然、永遠の別れを突きつけられるよりよほど幸せなことだと分かっている。それでも……体の半分が空っぽになった気分が拭えない。それを埋めながら、彼のいない人生を歩いていくのだろう。

「不思議だね」

絵理奈が立ちあがり煙突を指さした。

「煙って出ないものなの?」

「技術が進んでいるおかげで、最近の火葬場では煙は出ないことが多いよ。あの煙突も、故人を偲ぶために残しているだけなんだって」

「煙が出たほうがお別れができるのにな」

楓も立ちあがった。ふたりが私を励まそうとしていることが伝わってくる。ううん、ふたりだけじゃない。家族もそうだ。

悲しみは乗り越えるものじゃなく、受け入れて共に生きていく。それを見守ってくれる誰かがいることを、龍介は教えてくれたのかもしれない。

「納骨が終わったら、飲み会だからね」

楓が私の家の方角を指さした。

「飲み会？」

「違うでしょ」と絵理奈が怖い顔で訂正する。

「未来には内緒で、精進落としを準備してたんだよ」

精進落としとは、葬儀のあと葬儀に関わった人たちをねぎらうための食事会だ。昔は初七日法要のあとにおこなわれていたが、最近では繰りあげて葬儀のあとに開催されることが多い。

「え、そうなんだ。でも……」

納骨を済ませたらひとりになりたかった。海でも眺めながら彼との思い出をふり返りたかった。

龍介は『精進落としは必要だ』と言っていたけれど、半ば強引にその案を却下したはず。

楓が「やっぱり」と両腕を腰に当てる。

「龍介さんの言ってた通りだね。きっと未来はひとりになりたがる、って」

ね、と絵理奈に同意を求める楓に困惑する。なんのことを言っているのだろう？

絵理奈が座ったままぽかんとしている私にニッと笑った。

「実は私たちも龍介さんと内緒で打ち合わせをしてたの」

「え……」

「精進落としをやらないことに決めたのは、未来の意向が強いこと知ってるんだからね」

そう言うと、喪服のポケットから一枚の紙を取り出した。

「では、龍介さんからの依頼書を読みあげます」

コホンと咳をすると、絵理奈は紙を広げ口を開いた。

「『今、未来は強がっているだろうけれど、俺が死んだらきっと泣くだろう。君たちが精進落としを企画して、悲しみを吐き出させてあげてほしい。手紙のことは内緒で、未来の仕事が入ってる日にオンラインで打ち合わせをお願いします』だって」

ああ、と涙が瞳にあふれる。彼は自分がいなくなったあとの私を心配してくれていたんだ。こんな手紙にまで暗号メッセージを添えてくれている。

――生きて。

龍介の声が聞こえた気がした。

笑いながら泣いている楓が右手を差し出した。

「和尚さんたちだけじゃなくてね、あたしはよく知らないけど三浦さんて人も参加してくれるんだって」

「あとは小楠さんご夫婦。それに、いけすかない営業さんも名前に入ってた。龍介さんって心が広いよね」

絵理奈も右手を差し出してくれた。

生きるよ、龍介。私は私なりに生きてみようと思う。

そう思わせてくれたのは、世界でいちばん大好きな龍介。そして、私を支えてくれる人たちすべて。

そっと右手で自分の背中を叩いてあげる。大丈夫だよ、大丈夫。

私はちゃんと生きていける。

ふたりの手を握って立ちあがった時、私は自然に笑えていた。

君を見送る夏

一〇〇字書評

切り取り線

購買動機（新聞、雑誌名を記入するか、あるいは○をつけてください）	
□（　　　　　　　　　　）の広告を見て	
□（　　　　　　　　　　）の書評を見て	
□ 知人のすすめで	□ タイトルに惹かれて
□ カバーが良かったから	□ 内容が面白そうだから
□ 好きな作家だから	□ 好きな分野の本だから

・最近、最も感銘を受けた作品名をお書き下さい

・あなたのお好きな作家名をお書き下さい

・その他、ご要望がありましたらお書き下さい

住所	〒				
氏名		職業		年齢	
Eメール	※携帯には配信できません	新刊情報等のメール配信を 希望する・しない			

この本の感想を、編集部までお寄せいただけたらありがたく存じます。今後の企画の参考にさせていただきます。Eメールでも結構です。

いただいた「一〇〇字書評」は、新聞・雑誌等に紹介させていただくことがあります。その場合はお礼として特製図書カードを差し上げます。

前ページの原稿用紙に書評をお書きの上、切り取り、左記までお送り下さい。宛先の住所は不要です。

なお、ご記入いただいたお名前、ご住所等は、書評紹介の事前了解、謝礼のお届けのためだけに利用し、そのほかの目的のために利用することはありません。

〒一〇一－八七〇一
祥伝社文庫編集長　清水寿明
電話　〇三（三二六五）二〇八〇

祥伝社ホームページの「ブックレビュー」からも、書き込めます。
www.shodensha.co.jp/
bookreview

祥伝社文庫

君《きみ》を見送《みおく》る夏《なつ》

令和 4 年 4 月 20 日　初版第 1 刷発行

著　者　いぬじゅん

発行者　辻　浩明

発行所　祥伝社《しょうでんしゃ》

東京都千代田区神田神保町 3-3
〒 101-8701
電話　03（3265）2081（販売部）
電話　03（3265）2080（編集部）
電話　03（3265）3622（業務部）
www.shodensha.co.jp

印刷所　萩原印刷

製本所　ナショナル製本

カバーフォーマットデザイン　芥 陽子

Printed in Japan ©2022, Inujun　ISBN978-4-396-34803-8 C0193

祥伝社文庫の好評既刊

小路幸也
夏服を着た恋人たち
マイ・ディア・ポリスマン

マンション最上階に暴力団事務所が⁉ 元捜査一課の警察官×天才掏摸の孫で美少女マンガ家が街の平和を守る！

中田永一
百瀬、こっちを向いて。

「こんなに苦しい気持ちは、知らなければよかった……！」恋愛の持つ切なさすべてが込められた小説集。

中田永一
吉祥寺の朝日奈くん

切なさとおかしみが交叉《こうさ》するミステリ的表題作など、恋愛の〝永遠と一瞬〟がギュッとつまった新感覚な恋物語集。

中田永一
私は存在が空気

存在感を消した少女は恋を知り、引きこもり少年は瞬間移動で大切な人を救う。小さな能力者たちの、切ない恋。

中山七里
ヒポクラテスの誓い

法医学教室に足を踏み入れた研修医の真琴《まこと》。偏屈者の法医学の権威、光崎《みつざき》とともに、死者の声なき声を聞く。

中山七里
ヒポクラテスの憂鬱《ゆううつ》

全ての死に解剖を——普通死と処理された遺体に事件性が？ 大好評法医学ミステリーシリーズ第二弾！